The Wonderful Wizard of OZ 오즈의 마법사

The Wonderful Wizard of OZ 오즈의마법사

L. 프랭크 바움 지음 | 김민지 일러스트 | 김양미 옮김

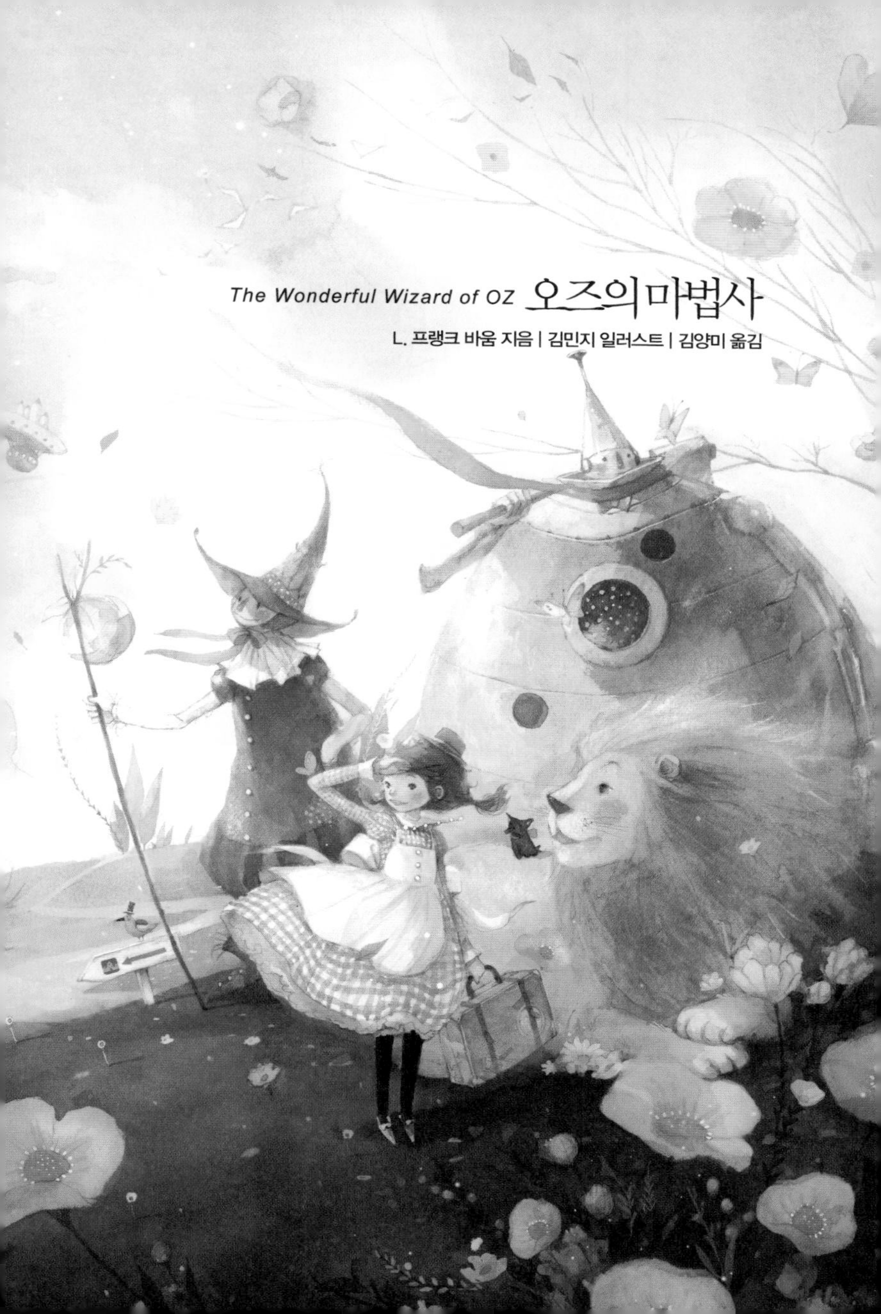

좋은 친구이자 동반자인 아내에게 이 책을 바칩니다.

허수아비야,

너는 뇌가 필요 없어. 매일 새로운 걸 배우고 있으니까.

경험을 통해서만 무엇인가 배울 수 있단다.

세상을 오래 살수록 그만큼 경험도 쌓이는 법이야.

EMERALD CITY
Minha LAND
7

Contents

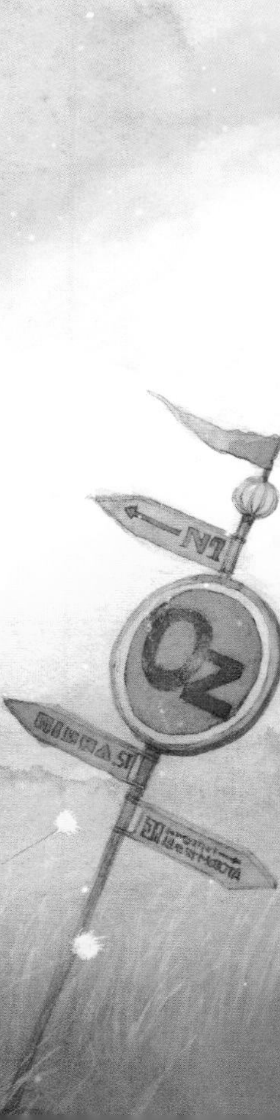

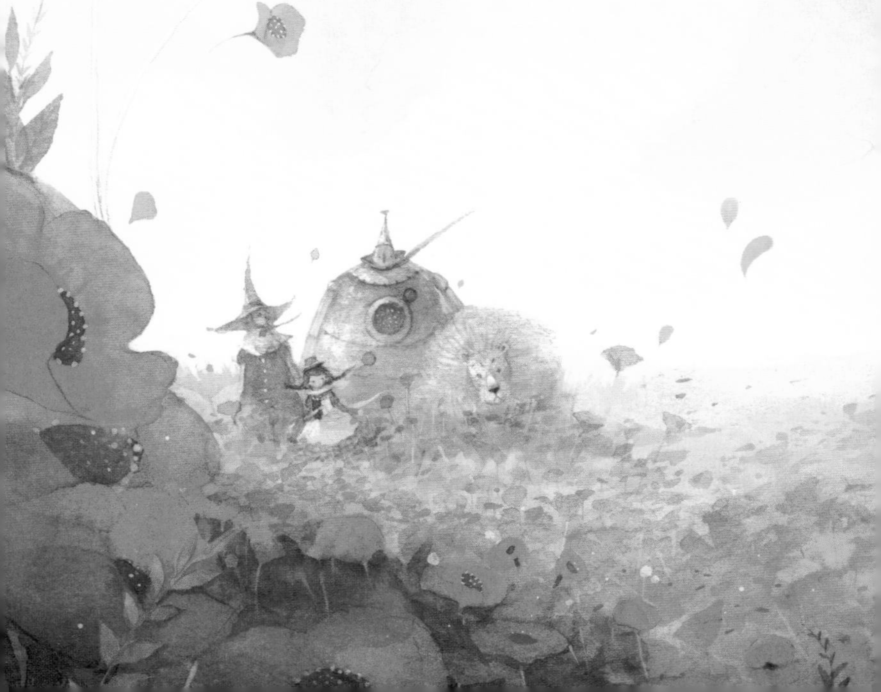

01

회오리바람

도로시는 캔자스 주 광활한 초원 한가운데에서 농부인 헨리 아저씨 그리고 엠 아줌마와 함께 살았습니다. 집 지을 나무를 먼 곳에서 마차로 날라야 했던 탓에 집은 자그마했습니다. 벽과 마루와 지붕으로 된 방 하나가 전부였습니다. 방에는 음식을 해 먹는 녹슨 화덕과 접시를 넣어 두는 찬장, 식탁, 의자 서너 개, 그리고 침대가 있었습니다. 아저씨와 아줌마는 한쪽 구석에 놓인 큰 침대를, 도로시는 맞은편 구석에 놓인 작은 침대를 썼습니다. 다락방이나 지하실도 전혀 없었습니다. 그저 바닥에 작은 구멍만 하나 파놓았는데, 무슨 건물이든 부숴 버리는 무시무시한 회오리바람이 몰아칠 때 숨을 수 있도록 만든 대피소였습니니다. 바닥 가운데 뚜껑 문을 들어 올리면 어둡고 좁은 구멍으로 내려가는 사다리가 있었습니다.

도로시가 문간에 서서 주위를 둘러보면 끝도 없이 펼쳐진 잿빛 초원만 눈에 들어왔습니다. 지평선을 가로막는 나무 한 그루, 집 한 채 보이지 않았습니다. 쟁기로 일군 땅은 햇볕에 잿빛 덩어리로 변한 채 쩍쩍 갈라져 있었습니다. 풀조차 초록색이 아니었고, 기다란 이파리들도 끝부분이 햇볕에 익어 잿빛 평원과 똑같이 재색을 띠었습니다. 집도 칠을 하긴 했지만 태양빛에 칠이 일어나기 시작했고 비에 몇 번 쓸려 내려가자 주변 풍경과 마찬가지로 칙칙한 잿빛으로 변하고 말았습니다.

처음 이곳으로 이사 왔을 무렵 엠 아줌마는 젊고 예쁜 새색시였습니다. 하지만 햇볕과 바람에 시달리다 보니 아줌마의 모습도 변해 버렸습니다. 영롱하게 빛나던 눈빛은 사라지고 차가운 회색만 남았습니다. 발그레하던 뺨과 입술도 어느새 잿빛으로 바뀌었습니다. 이제 야위고 초췌한 모습이 되어 버린 아줌마는 웃음마저 잃어버렸습니다.

고아였던 도로시가 처음 이 집에 왔을 때, 엠 아줌마는 아이의 웃음소리에 너무 놀라 도로시가 깔깔대고 웃을 때마다 비명을 지르며 가슴을 누르곤 했습니다. 그리고 지금도 여전히 이런 환경에서 웃을 거리를 찾아내는 도로시가 신기하다는 듯 물끄러미 쳐다보고는 했습니다.

헨리 아저씨도 절대 웃는 법이 없었습니다. 아침부터 밤까지 열심히 일만 할 뿐, 즐거움이 뭔지를 몰랐습니다. 헨리 아저씨 역시 긴 턱수염에 낡은 부츠까지 온통 잿빛이었고, 말수가 거의 없는 데다 늘 무뚝뚝하고 심각했습니다.

도로시가 웃을 수 있는 건 다 토토 덕분이었습니다. 토토는 잿빛으로 가득 찬 곳에서 도로시마저 잿빛으로 물들지 않게 해주었습니다.

토토는 잿빛이 아닌 검정색 강아지로, 길고 부드러운 털에 재미있게 생긴 작은 코 양쪽으로 까맣고 쪼그만 눈망울이 생글생글 빛났습니다. 도로시는 하루 종일 토토와 놀았고, 토토를 끔찍이 사랑했습니다.

하지만 오늘, 도로시와 토토는 함께 놀지 않았습니다. 헨리 아저씨는 문 앞 계단에 앉아 평소보다 한층 더 잿빛으로 흐린 하늘을 걱정스러운 눈길로 올려다보고 있었습니다. 도로시도 토토를 두 팔에 안고 문가에 서서 하늘을 보았습니다. 엠 아줌마는 설거지를 하는 중이었습니다.

저 멀리 북쪽에서 바람이 흐느끼는 소리가 들려왔고, 폭풍이 몰아치기 전 키 큰 풀들이 물결처럼 휘청거리는 모습이 헨리 아저씨와 도로시의 눈에 들어왔습니다. 곧이어 남쪽에서도 "휘잉" 하는 날카로운 바람 소리가 들려왔고, 눈길을 돌리자 거기에도 역시 풀들이 이리저리 파도를 타고 있었습니다.

순간 헨리 아저씨가 몸을 벌떡 일으키며 아줌마에게 말했습니다.

"엠, 회오리바람이 오고 있어요. 난 가축들을 보러 가겠소."

말이 끝나기 무섭게 헨리 아저씨가 소와 말을 둔 헛간으로 부리나케 달려갔습니다.

엠 아줌마가 일손을 놓고 문가로 왔습니다. 얼핏 봐도 위험이 가까이 왔다는 걸 알 수 있었습니다.

아줌마가 소리쳤습니다.

"도로시, 어서 굴로 내려가!"

토토가 도로시의 팔에서 뛰어내려 침대 밑으로 숨어 버리자 도로시가 잡으려고 쫓아갔습니다. 잔뜩 겁에 질린 엠 아줌마는 마루의 뚜껑 문을 와락 열어젖힌 뒤 사다리를 타고 좁고 어두운 굴속으로 내려갔습니다. 마침내 토토를 붙잡은 도로시가 아줌마를 따라갔습니다. 마루를 반쯤 지나왔을 때 찢어질 듯 날카로운 바람 소리가 들리면서 집이 심하게 흔들렸습니다. 그 바람에 발이 미끄러진 도로시는 마루 위에 털썩 주저앉고 말았습니다. 순간 이상한 일이 일어났습니다.

집이 두세 번 빙빙 도는가 싶더니 공중으로 천천히 떠올랐습니다. 마치 풍선을 타고 올라가는 느낌이었습니다.

북쪽에서 불어온 바람과 남쪽에서 불어온 바람이 도로시의 집에서 딱 만나면서 회오리바람의 중심이 되었습니다. 보통 회오리바람의 한가운데는 잠잠하기 마련이지만 사방에서 불어 대는 바람의 압력이 워낙 센 탓에 집은 점점 하늘 높이 떠올랐고, 회오리바람 꼭대기에 이른 뒤에는 그 상태 그대로 가벼운 깃털처럼 멀리멀리 날아갔습니다.

주위는 깜깜했고 바람은 윙윙 소리를 내며 무섭게 울부짖었지만, 도로시는 자신이 편안하게 떠가고 있다는 사실을 깨달았습니다. 처음에 몇 차례 빙글빙글 돌고 심하게 한번 요동치고 난 다음부터는 요람 속에 있는 아기처럼 살랑살랑 흔들리는 느낌이 들었습니다.

토토는 기분이 별로였습니다. 그래서 방을 이리저리 뛰어다니며 왕왕 짖어 댔습니다. 하지만 도로시는 바닥에 가만히 앉아서 무슨 일이 일어날지 기다렸습니다.

그사이 토토가 열려 있는 뚜껑 문 근처에 바싹 다가간다 싶더니 그만 쑥 빠져 버렸습니다. 도로시는 처음엔 토토를 놓치는 줄 알았습니다. 하지만 이내 구멍 사이로 곧추선 귀 한쪽을 발견했습니다. 주변 공기의 압력이 토토를 떠받쳐 주었던 것입니다. 도로시가 구멍으로 기어가 토토의 귀를 잡고는 마루 위로 끌어 올렸습니다. 그러고는 또 이런 사고가 일어나지 않게 문을 꼭 닫았습니다.

시간이 점점 지나자 두려운 마음도 서서히 사라졌습니다. 하지만 도로시는 혼자라는 사실을 뼈저리게 느꼈고, 세찬 바람 소

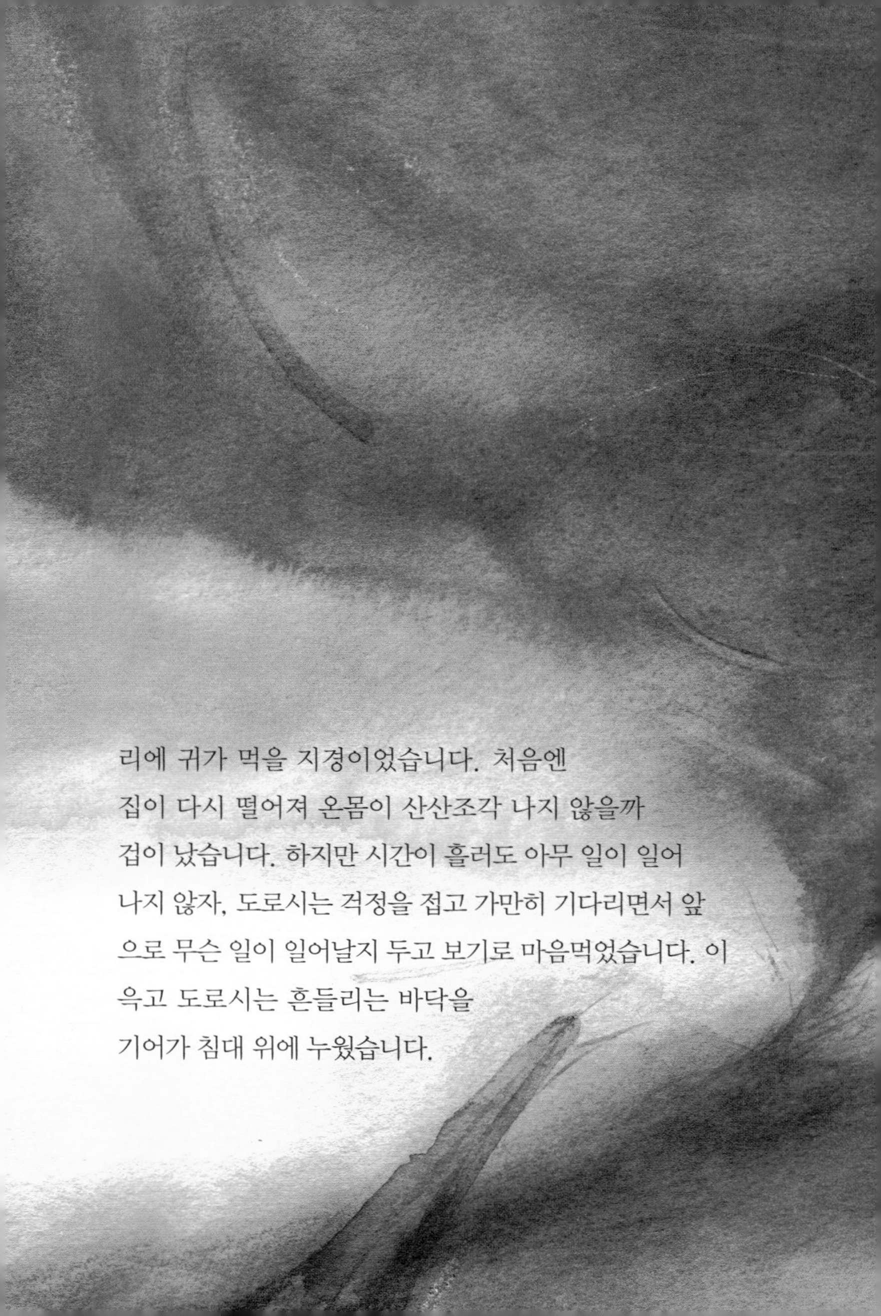

리에 귀가 먹을 지경이었습니다. 처음엔 집이 다시 떨어져 온몸이 산산조각 나지 않을까 겁이 났습니다. 하지만 시간이 흘러도 아무 일이 일어나지 않자, 도로시는 걱정을 접고 가만히 기다리면서 앞으로 무슨 일이 일어날지 두고 보기로 마음먹었습니다. 이윽고 도로시는 흔들리는 바닥을 기어가 침대 위에 누웠습니다.

토토도 따라와 도로시 옆에 누웠습니다.

집이 흔들리고 바람 소리가 윙윙거리는데도 도로시는 눈을 감자마자 잠에 곯아떨어졌습니다.

02

먼치킨들과의 만남

도로시는 갑작스러운 충격에 소스라치며 잠에서 깨어났습니다. 어찌나 놀랐던지 푹신한 침대 위에 누워 있지 않았다면 다쳤을지도 몰랐습니다. 도로시는 숨을 죽인 채 무슨 일이 일어난 것일까 궁금해했습니다. 토토가 차가운 코를 도로시의 얼굴에 들이대며 애처롭게 낑낑거렸습니다. 침대에서 일어나 앉은 도로시는 집이 더 이상 움직이지 않는다는 사실을 알아차렸습니다. 창으로 환한 햇살이 들어와 작은 방을 가득 비추고 있어 어둡지도 않았습니다. 도로시가 침대에서 펄쩍 뛰어내려 문으로 달려가자 토토가 졸졸 따라왔습니다. 도로시가 문을 활짝 열었습니다.

깜짝 놀란 도로시가 탄성을 지르며 주위를 둘러보았습니다. 눈앞에 펼쳐진 놀라운 풍경에 도로시의 눈이 점점 더 커졌습니다.

회오리바람이 도로시의 집을 조심스레 내려놓은 곳은 놀랍도록 아름다운 나라 한가운데였습니다. 초록빛 잔디밭이 온 사방을 아름답게 수놓았고, 아름드리 큰 나무들엔 먹음직스러운 과일이 주렁주렁 매달려 있었습니다. 어디에나 화려한 꽃들이 탐스럽게 피어 있고, 희귀하고 눈부신 깃털을 가진 새들이 나무와

수풀 속에서 날개를 퍼덕이며 노래했습니다. 길 옆으로는 작은 시내가 초록빛 둑 사이로 반짝이며 힘차게 흘렀습니다. 황량한 잿빛 평원에서 오랫동안 살아온 어린 소녀의 귀에는 졸졸거리는 소리가 그렇게 좋을 수 없었습니다.

도로시가 이 낯설고 아름다운 풍경에 정신없이 빠져 있는 사이, 지금껏 한 번도 본 적이 없는 이상한 사람들이 도로시에게 다가왔습니다. 도로시가 늘 봐오던 보통 어른들보다 몸집이 작았는데, 그렇다고 아주 작지도 않았습니다. 나이에 비해 키가 꽤 큰 편인 도로시와 비슷했습니다. 하지만 겉모습은 그 사람들이 훨씬 더 나이 들어 보였습니다.

남자 셋에 여자 하나였는데, 다들 차림새가 이상했습니다. 머리에 쓴 둥근 모자는 가운데가 30센티미터쯤 뾰족 솟은 모양인 데다 테두리에 작은 종이 조랑조랑 달려 있어 움직일 때마다 "딸랑딸랑" 예쁜 소리가 났습니다. 남자들은 파란 모자를 썼고, 여자는 흰색 모자에 어깨 위로 주름이 넓게 잡힌 하얀 드레스를 입고 있었는데, 옷 위에 잔잔하게 박힌 별무늬들이 햇살 아래

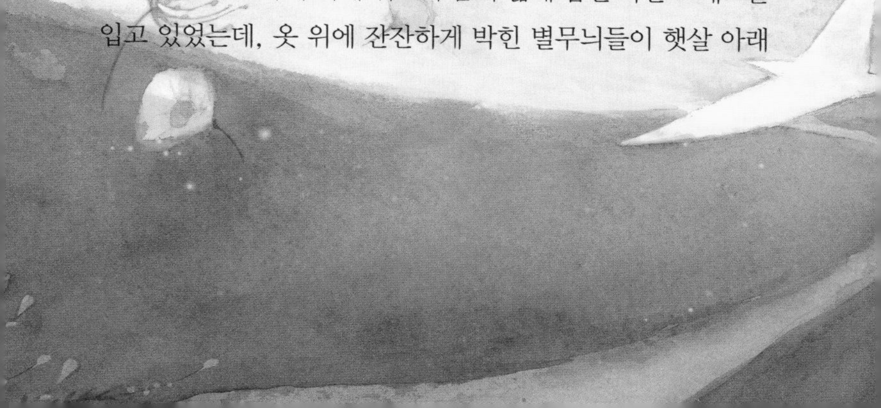

서 다이아몬드처럼 반짝였습니다. 남자들은 모자와 같은 푸른 옷에, 목 부분이 바깥쪽으로 넓게 접힌 반들반들한 파란 부츠를 신었습니다. 그중 두 사람이 턱수염이 있는 것을 보자 도로시는 나이가 헨리 아저씨뻘쯤 되지 않을까 생각했습니다. 하지만 여자는 한눈에도 나이가 훨씬 더 들어 보였습니다. 얼굴엔 주름이 자글자글했고 머리카락은 거의 백발인 데다 걸음걸이도 불편해 보였습니다. 그 사람들은 도로시가 서있는 집에 가까워지자 더 다가가기가 두려운 듯 걸음을 멈추고 자기들끼리 쑥덕거렸습니다. 잠시 후 노파가 도로시에게 걸어와 고개 숙여 인사를 하더니 상냥한 목소리로 말했습니다.

"세상에서 가장 위대한 마법사님, 먼치킨 나라에 오신 것을 환영합니다. 동쪽 나라 나쁜 마녀를 없애고 우리를 해방시켜 주셔서 정말 감사합니다."

도로시는 이 말을 듣고 어안이 벙벙했습니다. 도대체 이 할머니는 왜 나를 마법사라고 부르며 동쪽 나라 나쁜 마녀를 죽였다고 말하는 거지? 도로시는 회오리바람을 타고 집에서 멀리 날아온 힘없고 순진한 어린아이일 뿐이었습니다. 게다가 태어나서 지금껏 벌레 한 마리 죽인 적이 없었습니다.

하지만 할머니가 뭔가 대답을 기다리는 눈치라 도로시는 주저주저하며 이렇게 말했습니다.

"정말 친절하시군요. 하지만 뭔가 착각하신 것 같아요. 전 아무도 죽이지 않았답니다."

그러자 할머니가 웃으며 대꾸했습니다.

"어쨌든 집이 그랬으니, 마찬가지인 셈이지요. 저길 보세요!"

할머니가 집 한쪽 구석을 가리키며 말을 이었습니다.

"나무판자 밑으로 발 두 개가 튀어나와 있잖아요."

그 장면을 본 도로시가 너무 놀라 낮게 비명을 질렀습니다. 집을 받치는 커다란 기둥 아래 코가 뾰족한 은 구두를 신은 발 두 개가 정말로 삐죽 튀어나와 있었습니다.

"어머나! 이를 어째!"

도로시가 당황하고 놀란 마음에 두 손을 맞잡으며 소리쳤습니다.

"집이 떨어질 때 마녀가 밑에 깔렸나 봐. 어떡하면 좋죠?"

할머니가 태연하게 대답했습니다.

"그냥 내버려 둬요."

"그런데 저 사람은 누구예요?"

"말했다시피, 동쪽 나라의 나쁜 마녀랍니다. 몇 년이나 먼치킨들을 지배하며 밤낮으로 노예처럼 부려 먹었지요. 이제 자유를 되찾았으니, 이 모두가 아가씨 덕분입니다."

"먼치킨들이 누군가요?"

"나쁜 마녀가 지배하던 동쪽 나라에 사는 사람들입니다."

"할머니도 먼치킨인가요?"

"아뇨. 북쪽 나라에 살긴 하지만 이곳 사람들의 친구라고 할 수 있죠. 동쪽 나라 마녀가 죽었다는 소식을 전하러 먼치킨들이 찾아왔기에 부리나케 달려온 거예요. 난 북쪽 나라 마녀랍니다."

"세상에! 할머니가 정말 마녀라고요?"

"그럼, 정말이죠. 하지만 난 착한 마녀라서 사람들이 무척 좋아한답니다. 하지만 이곳을 다스리던 나쁜 마녀만큼 힘이 세지 못해요. 안 그랬으면 진작 이 나라 사람들을 나쁜 마녀 손아귀에서 구해 줬을 텐데 말이에요."

진짜 마녀를 보고 있다는 생각에 약간 겁이 난 도로시가 대꾸했습니다.

"하지만 전 마녀는 전부 못됐다고 생각했는데요."

"오, 아니에요. 정말 잘못 알고 있는 거예요. 오즈의 나라에는 마녀가 딱 네 명 사는데, 북쪽과 남쪽에 사는 마녀는 착한 마녀랍니다. 그중 하나가 나니까 틀림없어요. 동쪽과 서쪽에 사는 마녀는 진짜로 나쁜 마녀들이지요. 하지만 이제 한 명이 죽었으니까 오즈의 나라에는 나쁜 마녀가 서쪽 마녀 하나 남았네요."

도로시가 잠깐 생각에 잠겼다가 말했습니다.

"하지만 엠 아줌마는 마녀들이 아주 옛날에 모두 죽었다고 하던걸요."

"엠 아줌마가 누구죠?"

"캔자스에서 저랑 함께 사는 아줌마예요."

북쪽 나라 마녀는 고개를 숙이고 눈을 내리깐 채 잠시 생각에 잠긴 모양이었습니다. 그러다가 고개를 들고 이렇게 말했습니다.

"캔자스라는 곳은 지금껏 한 번도 들어 본 적이 없어서 어딘지 모르겠네요. 아가씨가 한번 말해 보세요. 문명이 발달한 곳인가요?"

"네, 그럼요."

"그렇다면 이해가 되네요. 문명이 발달한 곳에는 마녀들이 하나도 남아 있지 않아요. 마법사도 마술사도 없지요. 하지만 보다시피 오즈의 나라는 세상과 떨어져 있어 문명과는 거리가 멀답니다. 그러니까 이렇게 여전히 마녀도 마법사도 있는 거예요."

"마법사는 누군데요?"

마녀가 목소리를 낮추며 속삭였습니다.

"오즈가 바로 위대한 마법사랍니다. 우리 모두의 힘을 합한 것보다 더 강력한 마법을 지니고 있지요. 그분은 에메랄드 시에 살아요."

도로시가 몇 가지 더 물어보려는데, 옆에서 조용히 서있던 먼치킨들이 고함을 지르며 나쁜 마녀가 누워 있는 곳을 가리켰습니다.

"무슨 일이에요?"

착한 마녀가 물으며 고개를 돌리더니, 이내 웃음을 터뜨렸습니다. 죽은 마녀의 발이 온데간데없이 사라지고 은 구두만 남아 있었습니다.

북쪽 마녀가 설명했습니다.

"동쪽 마녀 나이가 워낙 많아서 햇볕에 빨리 증발해 버린 거예요. 이제 완전히 사라졌네요. 하지만 은 구두는 아가씨 거니까 신도록 해요."

그러고는 허리를 굽혀 신발을 집어 올린 다음 흙을 털어 도로시에게 건넸습니다.

먼치킨 하나가 입을 열었습니다.

"나쁜 마녀가 그 구두를 무척 자랑스러워했죠. 무슨 마법이 숨어 있긴 한데, 그게 뭔지는 모르겠어요."

도로시는 구두를 집으로 들고 가 탁자 위에 놓았습니다. 그런 다음 다시 나와 먼치킨들에게 말했습니다.

"아저씨와 아줌마가 계신 곳으로 돌아가고 싶어요. 제 걱정을 많이 하고 계실 거예요. 도와주실 수 있나요?"

먼치킨들과 착한 마녀가 서로 눈길을 주고받더니, 도로시를 보며 고개를 저었습니다.

먼치킨 하나가 말했습니다.

"여기서 가까운 곳에 큰 사막이 있는데, 아무도 못 건너가요."

다른 먼치킨이 말했습니다.

"남쪽 나라도 마찬가지예요. 제가 직접 가봐서 알거든요. 남쪽 나라에는 쿼들링들이 산답니다."

또 다른 먼치킨이 말했습니다.

"서쪽도 똑같다고 들었어요. 윙키들이 사는 서쪽 나라는 나쁜 마녀가 다스리는데, 그곳을 지나는 사람은 모두 노예로 만들어 버린대요."

착한 마녀도 말했습니다.

"내가 사는 북쪽 나라도 오즈의 나라를 둘러싼 넓은 사막이 사방을 가로막고 있어요. 아무래도 우리랑 함께 살아야 할 것 같네요."

이상한 사람들 속에서 저 혼자만 외톨이라는 생각에 도로시가 훌쩍이기 시작했습니다. 도로시의 눈물이 마음 따뜻한 먼치킨들까지 울렸는지 다들 손수건을 꺼내 들고 흐느꼈습니다. 착한 마녀가 모자를 벗어 뾰족한 부분을 가만히 코끝에 세우더니 엄숙한 목소리로 "하나, 둘, 셋!" 하고 외쳤습니다. 그러자 모자가 순식간에 석판으로 변했고, 거기에 하얀 분필로 이렇게 크게 적혀 있었습니다.

도로시를 에메랄드 시로 보내라.

착한 마녀가 코끝에서 석판을 내려 그 위에 적힌 글을 읽고는 물었습니다.

"아가씨 이름이 도로시인가요?"

"네."

도로시가 눈물을 닦으며 착한 마녀를 올려다보았습니다.

"그럼 에메랄드 시로 가야 해요. 오즈가 도와줄지도 몰라요."

"어디에 있는데요?"

"우리나라 한가운데 있어요. 내가 말한 위대한 마법사 오즈가 다스리지요."

도로시가 걱정스럽게 물었습니다.

"좋은 사람인가요?"

"착한 마법사예요. 직접 본 적이 없어서 사람인지 아닌지는 잘 모르겠지만요."

"어떻게 가면 되죠?"

"걸어서 가야 해요. 즐겁고, 어둡고, 무서운 곳을 지나는 오랜 여행이 될 거예요. 하지만 내가 아는 마법을 총동원해서 아가씨가 해를 입지 않도록 도와주겠어요."

"저랑 같이 가면 안 되나요?"

도로시는 착한 마녀가 하나밖에 없는 친구처럼 여겨져 이렇게 애원했습니다.

"아뇨, 그렇게는 못해요. 대신 아가씨에게 입을 맞춰 줄게요. 북쪽 마녀의 입맞춤을 받은 사람은 누구도 함부로 건드리지 못하니까요."

착한 마녀가 도로시에게 다가와 이마에 부드럽게 입을 맞췄습니다. 입술이 닿은 자리에 이내 동그란 자국이 반짝이며 남았습니다.

착한 마녀가 말했습니다.

"에메랄드 시까지 가는 길에는 노란 벽돌이 깔려 있으니까 길을 잃지는 않을 거예요. 오즈를 만나면 겁내지 말고 아가씨 사정을 말하고 도와 달라고 부탁하세요. 그럼 잘 가요."

먼치킨들은 도로시에게 공손히 머리를 숙이며 인사했고, 편안한 여행이 되기를 빌고는 나무 사이로 멀어져 갔습니다. 착한 마녀도 도로시에게 다정하게 고개를 끄덕이고는 왼발 뒤축으로 빙글빙글 세 바퀴를 돌더니 곧바로 사라져 버렸습니다. 착한 마녀가 옆에 있을 때는 겁이 나서 으르렁대지도 못하던 토토가 그 광경을 보고는 깜짝 놀라 마구 짖어 댔습니다.

하지만 할머니가 마녀라는 사실을 이미 아는 도로시는 그렇게 사라지리라고 예상을 했기에 조금도 놀라지 않았습니다.

03

도로시가 허수아비를 구하다

혼자 남은 도로시는 시장기를 느꼈습니다. 그래서 찬장에서 빵을 꺼내 자른 뒤 버터를 발랐습니다. 도로시는 토토에게 빵을 조금 준 후 선반에서 들통을 꺼내 들고 시내로 가서는 반짝이는 맑은 물을 한가득 담았습니다. 토토가 나무 있는 데로 달려가더니 가지에 앉은 새들을 쳐다보며 짖어 댔습니다. 도로시가 토토를 데리러 가니 나뭇가지마다 먹음직한 과일이 주렁주렁 매달려 있었습니다. 아침거리로 안성맞춤이었습니다.

집으로 돌아온 도로시는 토토와 함께 시원하고 깨끗한 물로 목을 축이며 아침을 배불리 먹었습니다. 그런 다음 에메랄드 시로 떠날 채비를 했습니다.

도로시는 여벌 옷이 한 벌뿐이었지만 다행히 깨끗한 채로 침대 옆 옷걸이에 걸려 있었습니다. 흰색과 파란색 체크 무늬 무명 원피스로, 하도 입은 탓에 파란색이 조금 바래긴 했어도 여전히 예뻤습니다. 도로시는 꼼꼼하게 세수를 하고 깨끗한 옷으로 갈아입은 뒤 분홍색 모자를 썼습니다. 그러고는 찬장에서 빵을 꺼내 작은 바구니에 가득 담고 위에다 하얀 천을 덮었습니다. 발을 내려다보던 도로시는 신발이 많이 낡았다는 생각이 들었습니다.

"먼 길을 가야 할 텐데 이 신발로는 어림없어, 토토."

토토가 작고 까만 눈망울로 도로시를 올려다보며 무슨 소린지 알겠다는 듯 꼬리를 흔들었습니다.

그때 탁자 위에 놓여 있던 동쪽 마녀의 은 구두가 눈에 들어왔습니다.

"나한테 맞을지 모르겠네. 저 구두는 닳지 않을 테니까 오래 걷기엔 제격인데."

도로시는 낡은 신발을 벗고 은 구두에 발을 집어넣었습니다. 제 신발이기라도 한 듯 꼭 맞았습니다.

마침내 도로시가 바구니를 들었습니다.

"가자, 토토. 에메랄드 시로 가서 위대한 오즈님께 캔자스로 돌아갈 길을 물어보는 거야."

도로시는 문을 걸어 잠근 뒤 원피스 주머니에 조심스레 열쇠를 집어넣었습니다. 토토가 총총거리며 도로시를 따라나섰고 둘은 길을 떠났습니다.

몇 갈래 길이 나있었지만, 노란 벽돌 길을 찾는 건 그리 어렵지 않았습니다. 잠시 뒤 도로시는 에메랄드 시를 향해 걸음을 서둘렀고, 은 구두 소리가 단단하고 노란 길 위에서 "또각또각" 경쾌하게 울렸습니다. 눈부신 햇살 아래 아름다운 새 소리를 들으며 걷노라니 살던 곳에서 갑자기 떠나와 이상한 나라에 떨어진 여자아이가 느낄 법한 그런 끔찍한 기분도 들지 않았습니다.

보이는 풍경마다 어찌나 아름다운지 걷는 내내 놀랄 뿐이었습니다. 길가엔 파란색 예쁜 울타리가 깔끔하게 쳐져 있고, 그 너머에는 곡식이며 채소를 가득 심어 놓은 밭이 펼쳐져 있었습니다. 먼치킨들의 농사 솜씨가 저렇게 좋으니 농작물도 많이 거둬들일 게 분명했습니다. 어쩌다 집을 지나기라도 하면 사람들이 우르르 밖으로 나와 도로시에게 고개 숙여 인사를 했습니다. 도로시가 나쁜 마녀를 죽여 자유를 되찾게 해주었다는 사실을 다들 알았기 때문입니다. 먼치킨들이 사는 집은 좀 이상했는데, 네 벽과 지붕이 모두 둥글었습니다. 동쪽 사람들이 파란색을 좋아해서인지 집도 하나같이 파란색이었습니다.

날이 어두워 오자 한참을 걷느라 지친 도로시는 어디서 밤을 보내야 할지 고민하다 다른 집들보다 유난히 큰 집으로 다가갔습니다. 초록 잔디 위에서 남녀 여럿이 모여 춤을 추고 있었습니다. 바이올리니스트 다섯 명이 있는 대로 크게 연주를 했고, 웃고 노래하는 사람들 옆으로 맛있는 과일과 견과류, 파이와 케이크 등 푸짐한 음식이 한 상 가득 차려져 있었습니다.

사람들은 도로시를 친절하게 맞으며 함께 저녁을 들고 하룻밤 묵어가라고 청했습니다. 그 집은 동쪽 나라에서 가장 잘사는 사람의 집이었는데, 나쁜 마녀로부터 해방된 것을 축하하기 위해 친구들을 불러 잔치를 벌이던 참이었습니다.

도로시는 이름이 보크라는 부자 주인의 시중까지 받으며 마음껏 저녁을 먹었습니다. 그런 다음 긴 의자에 앉아 춤추는 사람들을 바라보았습니다.

보크가 도로시의 은 구두를 보고는 말했습니다.

"당신은 위대한 마법사가 틀림없어요."

"어째서요?"

"은 구두를 신은 데다 나쁜 마녀를 죽였으니까요. 게다가 옷도 하얀색이잖아요. 마녀나 마법사들은 원래 하얀색 옷만 입거든요."

"하지만 제 옷은 파란색과 하얀색이 섞여 있는걸요."

도로시가 원피스 주름을 펴보이며 대꾸했습니다.

"그렇게 입다니 정말 다정한 분이로군요. 파랑은 먼치킨을 나타내는 색이고, 하얀색은 마녀의 색이거든요. 그러니 당신이 착한 마녀라는 걸 알 수 있죠."

도로시는 뭐라고 대답해야 할지 몰랐습니다. 다들 자신을 마녀라고 믿는 것 같은데, 정작 도로시는 자신이 회오리바람에 실려 어쩌다 이상한 나라로 날아온 평범한 여자아이일 뿐이라는 사실을 잘 알고 있었기 때문입니다.

춤 구경이 심드렁해지자, 보크가 도로시를 예쁜 침대가 놓인 방으로 데려갔습니다. 침대보도 파란색이었습니다. 도로시는 그 위에서 아침이 올 때까지 푹 잠을 잤습니다. 토토도 옆에 놓인 파란 깔개 위에서 몸을 둥글게 만 채 잠이 들었습니다.

도로시는 아침을 배불리 먹고는 아기 먼치킨이 토토의 꼬리를 잡아당기며 까르르 웃어 대는 모습을 지켜보았습니다. 도로시의 마음도 무척 즐거웠습니다. 개를 한 번도 본 적이 없는 이곳 사람들에게 토토는 호기심 덩어리였습니다.

"에메랄드 시까지는 얼마나 먼가요?"

도로시가 물었습니다.

"저도 가본 적이 없어서 모르겠군요. 오즈에게 볼일이 없는 한 가지 않는 게 좋아요. 에메랄드 시까지는 길이 머니까 며칠 걸리거든요. 또 여기 시골은 뭐 하나 부족한 것 없이 즐거움이 넘쳐흐르지만, 목적지에 도착하려면 힘들고 위험한 곳을 지나야만 한답니다."

이 말을 듣자 도로시는 조금 걱정이 되었습니다. 하지만 위대한 마법사 오즈만이 캔자스로 돌아갈 방법을 알려 줄 수 있다는 생각에 용기를 내어 계속 가기로 마음먹었습니다.

친구들에게 작별 인사를 하고 도로시는 다시 노란 벽돌 길을 따라 걷기 시작했습니다. 몇 킬로미터쯤 가다가 도로시는 잠시 쉴까 하고 길가 울타리 위로 올라가 걸터앉았습니다. 울타리 너머로 옥수수밭이 넓게 펼쳐져 있었습니다. 멀지 않은 곳에는 새들이 옥수수를 쪼아 먹지 못하게 높이 세워 놓은 허수아비가 하나 보였습니다.

도로시는 손으로 턱을 괸 채 허수아비를 찬찬히 살펴보았습니다. 작은 자루 안에 짚을 넣어 머리를 만들었고, 거기에 눈, 코, 입이 그려져 있었습니다. 어떤 먼치킨이 쓰던 낡고 뾰족한 파란색 모자를 머리에 얹고, 역시나 짚으로 속을 채운 남루한 파란색 옷이 입혀져 있었습니다. 발에는 이곳 사람들처럼 신발 코가 파란 낡은 부츠가 신겨져 있었는데, 등에 막대가 꽂힌 채 옥수수 대 위로 높이 솟아 있었습니다.

EMERALD CITY
Minha LAND

희한하게 생긴 허수아비 얼굴을 뚫어져라 쳐다보던 도로시는 허수아비가 한쪽 눈을 천천히 감으며 윙크하는 걸 보고 깜짝 놀랐습니다. 윙크하는 허수아비가 있다는 소리는 캔자스에서 한 번도 들어 보지 못한 터라 처음엔 자기가 잘못 본 게 분명하다고 생각했습니다. 그런데 이번엔 다정하게 고개까지 끄덕였습니다. 도로시는 울타리에서 내려와 허수아비에게 다가갔습니다. 토토는 막대 주위를 뛰어다니며 짖어 대기 바빴습니다.

"날이 참 좋네요."

쉰 듯한 목소리로 허수아비가 말했습니다.

"당신이 말을 한 건가요?"

도로시가 놀라 물었습니다.

"물론이죠. 안녕하세요?"

"네, 안녕하세요?"

도로시가 공손하게 대답했습니다.

"난 그다지 안녕하지 못해요. 밤낮 여기 매달려 까마귀만 쫓고 있으니 너무 지루해요."

허수아비가 웃으며 말했습니다.

"내려오지 못하나요?"

"네, 이 막대가 등에 꽂혀 있어서요. 아가씨가 막대를 빼주면 정말 고마울 텐데."

도로시는 두 팔을 뻗어 허수아비를 막대에서 쑥 뽑아 올렸습니다. 허수아비는 짚으로 채워진 덕에 아주 가벼웠습니다.

"정말 고맙습니다. 새로 태어난 기분이에요."

땅 위에 내려서자, 허수아비가 말했습니다.

지푸라기 허수아비가 말을 하고, 고개 숙여 인사를 하고, 자기 옆에서 걷는 게 하도 신기해서 도로시는 어리둥절할 뿐이었습니다.

"누구시죠? 어디로 가는 길인가요?"

허수아비가 기지개를 켜고 하품을 하더니 물었습니다.

"내 이름은 도로시예요. 위대한 마법사 오즈에게 캔자스로 돌려보내 달라고 부탁하기 위해 에메랄드 시로 가는 중이에요."

"에메랄드 시가 어디 있어요? 오즈는 또 누구죠?"

"어머, 정말 몰라요?"

도로시가 놀라 되물었습니다.

"네, 정말 아무것도 몰라요. 보다시피 지푸라기로 만들어져서 뇌가 없거든요."

허수아비가 서글프게 대답했습니다.

"이런, 정말 미안해요."

"아가씨랑 함께 에메랄드 시로 가면 위대한 마법사 오즈가 나한테도 뇌를 줄까요?"

"그건 나도 모르겠어요. 하지만 같이 가고 싶으면 그렇게 해요. 오즈가 뇌를 주지 않는다 해도 손해 볼 건 없잖아요."

"맞는 말이에요. 사실 팔이며 다리며 온몸이 지푸라기로 차 있다 해도 다칠 염려가 없으니 별로 신경 안 써요. 누가 발을 밟거나 바늘로 찔러도 아무것도 느끼지 못하니 괜찮아요. 하지만 사람들이 날 바보라고 놀리는 소리는 정말 듣기 싫어요. 아가씨처럼 머리에 뇌 대신 지푸라기가 들어찬 내가 도대체 뭘 알 수 있겠어요?"

"어떤 기분일지 이해가 가요. 나랑 같이 가면 내가 마법사 오즈에게 잘 부탁드려 볼게요."

진심으로 안됐다는 듯 도로시가 말했습니다.

"고맙습니다."

둘은 길이 난 쪽으로 걸음을 옮겼고, 도로시는 허수아비가 울타리를 넘는 걸 도와주었습니다. 그러고는 에메랄드 시로 가는 노란 벽돌 길을 따라 걷기 시작했습니다.

토토는 처음엔 새로운 길동무가 생긴 게 싫은 기색이었습니다. 지푸라기 속에 쥐가 살고 있기라도 한 듯 여기저기 코를 대고 킁킁거리는가 하면, 허수아비를 향해 사납게 으르렁대기도 했습니다.

"신경 쓰지 마세요. 토토는 절대 안 물어요."

도로시가 새 친구에게 말했습니다.

"아, 무섭지 않아요. 지푸라기가 다칠 게 뭐 있나요? 내가 바구니를 들어 줄게요. 난 피곤한 줄을 모르니까 걱정 없어요. 내가 비밀 하나 말해 줄까요?"

허수아비가 걸으며 말을 이었습니다.

"내가 세상에서 무서워하는 게 딱 하나 있어요."

"그게 뭐죠? 당신을 만든 먼치킨 농부인가요?"

"아뇨. 그건 바로 성냥이에요."

04

숲으로 난 길

몇 시간쯤 걷자 길이 울퉁불퉁해지면서 걷기가 몹시 힘들어졌습니다. 허수아비는 툭 불거져 나온 노란 벽돌에 걸려 넘어지는 일이 잦았습니다. 간혹 벽돌이 부서졌거나 빠진 데가 나오면 토토는 깡충거리며 뛰어넘었고, 도로시는 빙 둘러서 지나갔습니다. 뇌가 없는 허수아비는 앞만 보고 마냥 걷다가 딱딱한 벽돌 길 위에 엎어지기 일쑤였습니다. 하지만 어디 한군데 다치는 법이 없었고, 도로시가 부축해서 일으켜 주기만 하면 됐습니다. 그때마다 허수아비는 자신의 실수를 즐겁게 웃어넘기며 도로시를 따라갔습니다.

여기 농장은 지금껏 지나온 농장들에 비해 사람의 손길이 거의 닿지 않은 듯했습니다. 집도 과일나무도 보기 힘들었고, 가면 갈수록 칙칙하고 적막한 분위기가 감돌았습니다.

한낮이 되자 일행은 작은 시내가 있는 길가에 자리를 잡고 앉았습니다. 도로시가 바구니를 열더니 빵을 꺼냈습니다. 그리고 빵 한 덩이를 집어 허수아비에게 내밀었지만, 허수아비는 고개를 가로저었습니다.

"난 배고픈 걸 몰라요. 잘된 일이죠. 내 입은 그냥 그림일 뿐인데, 무언가를 먹을 수 있게 구멍을 뚫어 놓았다면 짚이 튀어나와 얼굴 모양이 엉망이 돼버렸을 거예요."

도로시는 이내 허수아비의 말이 사실임을 깨달았습니다. 그래서 고개만 끄덕이고는 빵을 먹기 시작했습니다.

"아가씨 얘기 좀 해보세요. 살던 곳에 대해서도."

도로시가 식사를 마치자 허수아비가 말했습니다. 그래서 도로시는 잿빛으로 가득 찬 캔자스와 회오리바람에 실려 신기한 오즈의 나라에 오게 된 사연을 모두 이야기했습니다. 열심히 귀를 기울이던 허수아비가 말했습니다.

"이렇게 아름다운 나라를 떠나 캔자스라는 그 메마르고 칙칙한 곳으로 가고 싶어 하는 이유를 잘 모르겠네요."

"그건 당신이 뇌가 없어서 그래요. 아무리 황량하고 따분하다 해도 그 어떤 아름다운 곳보다 고향에서 살고 싶어 하는 게 사람이에요. 세상에 집만 한 곳은 없거든요."

허수아비가 한숨을 쉬었습니다.

"물론 난 모르죠. 나처럼 머릿속이 짚으로 들어차 있으면 다들 아름다운 곳에서 살려고 할 거예요. 그럼 캔자스는 텅 비게 되겠죠. 캔자스 편에서 보면 아가씨에게 뇌가 있다는 게 다행이네요."

"쉬는 동안 이야기 하나 해줄래요?"

허수아비는 원망스러운 눈길로 도로시를 쳐다보더니 말했습니다.

"내 삶은 너무 짧아서 말해 줄게 아무것도 없어요. 고작 그저께 만들어졌는걸요. 그전 일은 전혀 몰라요. 다행히 농부가 머리를 만들 때, 제일 먼저 귀를 그려 준 덕분에 주변 상황을 들을 수는 있었죠. 농부 옆에 먼치킨이 한 명 더 있었는데, 처음 들은 소리는 농부의 목소리였어요. '귀가 어떤 것 같나?' '좀 비뚤은데.' 다른 먼치킨이 말했죠. '아무렴 어때. 그래도 귀는 귀잖아.' 백 번 맞는 말이었죠.

'이제 눈을 그려 볼까.' 농부가 말했어요. 농부가 오른쪽 눈을 그리자마자 난 농부의 얼굴을 보았고, 호기심을 주체하지 못한 채 주변을 열심히 두리번거렸죠. 태어나 처음 본 세상이니 그럴 수밖에요. 곧이어 농부를 지켜보던 먼치킨이 말했어요. '눈이 꽤 예쁜걸. 역시 눈은 파란색이 최고라니까.' 그러자 농부가 대꾸했어요. '한쪽 눈은 좀 더 크게 그려 볼까.'

나머지 눈이 완성되자 세상이 훨씬 잘 보였어요. 농부는 코와 입도 그렸어요. 하지만 당시엔 입이 뭐 하는 건지 몰라서 아무 말도 하지 못했어요. 난 내 몸과 팔과 다리를 만드는 모습을 지켜보는 게 무척 재미있었어요. 드디어 머리가 몸통에 달리던 순간, 나도 다른 사람들처럼 훌륭한 사람이 됐다는 생각에 가슴이 벅차올랐어요.

농부가 말했어요. '이 친구를 보면 까마귀들이 놀라 달아나겠군. 진짜 사람처럼 보이는걸.' 그러자 다른 먼치킨이 말했어요. '무슨 소리, 이 녀석은 진짜 사람이라니까.' 나도 그 말이 백 번 옳다고 생각했죠. 이윽고 농부가 날 겨드랑이에 끼고 옥수수밭으로 가서는 기다란 막대에 꽂은 뒤 아가씨가 날 발견했던 그곳에 세웠어요. 그길로 두 사람은 자리를 뜨고 나만 혼자 남게 되었죠.

난 그렇게 혼자 버려지는 게 싫어서 따라가려고 했어요. 그런데 발이 땅에 닿지 않아서 막대에 매달려 있을 수밖에 없었어요. 방금 만들어진 탓에 생각할 거리도 없어서 말도 못하게 외로웠죠. 잠시 후 까마귀 떼와 여러 새들이 옥수수밭으로 날아왔는데, 날 보자마자 사람으로 착각했는지 다시 날아가 버렸어요. 그걸 보자 괜스레 기분이 좋아지면서 내가 아주 중요한 사람이라는 생각이 들었어요. 그런데 늙은 까마귀 한 마리가 가까이 날아오더니 어깨 위에 올라앉아 내 얼굴을 유심히 쳐다보며 이

러는 거예요.

'이런 어설픈 속임수에 내가 넘어갈 줄 알았나 보지. 생각이 있는 까마귀라면 네가 지푸라기 허수아비라는 걸 모를 리가 없지.'

그러고는 발치로 풀쩍 뛰어내리더니 옥수수를 신나게 먹어치우는 거예요. 내가 아무 짓도 안 하고 가만있는 걸 본 다른 새들도 다가와 옥수수를 먹기 시작했어요. 순식간에 제 주위는 새들 천지로 변해 버렸죠.

그 모습을 보고 있자니 내가 있으나 마나 한 허수아비라는 생각이 들어 마음이 아팠어요. 그런데 늙은 까마귀가 이런 말로 날 위로하더군요. '네 머릿속에 뇌만 들어 있었으면 좋은 사람이 되었을 테고, 어쩌면 더 나은 사람이 되었을지도 몰라. 까마귀한테나 사람한테나 제일 중요한 건 오직 뇌뿐이라고.'

까마귀들이 모두 날아간 뒤 난 곰곰이 생각에 잠겼고, 어떡하든 뇌를 구해야겠다는 결심을 하게 됐어요. 그런데 운 좋게도 아가씨가 나타나 날 막대에서 내려 준 거예요. 아가씨가 말한 대로 에메랄드 시에 가기만 하면 위대한 마법사 오즈가 나한테도 뇌를 줄 게 분명해요."

"그렇게 원하니 그 바람이 꼭 이루어졌으면 좋겠네요."

도로시가 진심으로 말했습니다.

"아, 그럼요. 정말 갖고 싶어요. 자신이 바보라는 사실을 아는 게 얼마나 비참한 기분이라고요."

"그럼, 출발해 볼까요?"

도로시가 허수아비에게 바구니를 건네며 말했습니다.

이제 울타리는 더 이상 보이지 않고 울퉁불퉁한 황무지가 이어졌습니다. 저녁 무렵이 되자 울창한 숲으로 들어섰는데, 커다란 나무들이 어찌나 빽빽하게 늘어섰던지 쭉쭉 뻗은 가지들이 노란 길 위를 뒤덮을 정도였습니다. 나뭇가지에 햇살이 가려 주위가 어둑어둑했지만 여행자들은 걸음을 멈추지 않고 숲속으로 계속 들어갔습니다.

허수아비가 입을 열었습니다.

"들어가는 길이 있으니 나가는 길도 반드시 있을 거예요. 이 길 끝에 에메랄드 시가 있으니까 무조건 길을 따라가야 해요."

"그 정도는 누구나 알걸요."

"그래요. 그러니까 나도 아는 거겠죠. 뇌가 있어야 알 수 있는 거라면 내가 그런 말을 할 리가 없죠."

한 시간쯤 지나자 희미하던 빛마저 사라지고, 어둠 속을 비틀거리며 나아가는 지경이 되었습니다. 도로시는 앞이 전혀 안 보였지만 토토는 눈이 밝은 개라 그런지 깜깜한 곳에서도 주위를 잘 분간했습니다. 허수아비도 낮처럼 훤히 보인다고 말했습니다. 그래서 도로시는 허수아비의 팔을 잡고 간신히 앞으로 걸어 나갔습니다.

도로시가 말했습니다.

“우리가 밤을 보낼 만한 집이나 장소가 보이면 말해 주세요. 깜깜한 길을 걷는 건 너무 힘드니까요.”

얼마 안 돼 허수아비가 걸음을 멈추었습니다.

“바로 앞에 작은 통나무 오두막이 있어요. 가볼까요?”

“네, 그래요. 지쳐서 쓰러질 것만 같아요.”

그래서 허수아비는 도로시를 이끌고 나무 사이를 지나 오두막으로 향했습니다. 도로시가 집으로 들어가 보니 한쪽 구석에 마른 나뭇잎을 쌓아 만든 침대가 하나 있었습니다. 도로시는 곧장 침대에 누워 토토를 옆에 끼고 곯아떨어졌습니다. 피곤함을 못 느끼는 허수아비는 한쪽 구석에 선 채로 아침이 올 때까지 꿋꿋이 기다렸습니다.

05

양철 나무꾼을 구하다

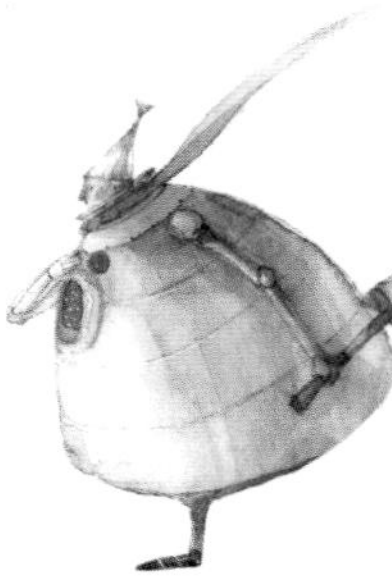

도로시가 눈을 뜨니 햇살이 나무 사이로 비치고 있었고, 토토는 진작 일어나 밖에서 새와 다람쥐를 쫓아다니는 중이었습니다. 도로시는 몸을 일으켜 앉아 주위를 둘러보았습니다. 허수아비가 도로시를 기다리며 한쪽 구석에 꼿꼿이 서있었습니다.

"나가서 물을 찾아봐야겠어요."

도로시가 말했습니다.

"물이 왜 필요하죠?"

"걷느라 먼지가 많이 묻었으니 얼굴도 깨끗이 씻고, 마시기도 해야지요. 그래야 마른 빵을 먹다가 목에 걸리지 않을 테니까요."

그러자 허수아비가 생각에 잠긴 얼굴로 대꾸했습니다.

"사람으로 산다는 건 아주 번거로운 일이군요. 잠도 자고 먹기도 하고 마시기도 해야 하니. 하지만 생각할 수 있는 뇌가 있으니 그 정도 불편은 견딜 만하겠어요."

도로시와 허수아비는 오두막을 나와 숲을 걷다가 맑은 물이 솟아나는 작은 샘을 찾아냈습니다. 도로시는 물을 마시고 세수를 한 다음 아침을 먹었습니다. 이제 바구니에 빵이 얼마 남지 않았습니다. 허수아비가 아무것도 안 먹어도 된다는 사실이 얼마나 다행인지 몰랐습니다. 도로시와 토토가 그날 먹기에도 양이 빠듯했던 것입니다.

식사를 마치고 노란 벽돌 길로 돌아가려는 순간, 힘겨운 신음 소리가 근처에서 들려왔습니다. 그 바람에 도로시는 깜짝 놀랐습니다.

"무슨 소리였죠?"

도로시가 겁에 질려 물었습니다.

"전혀 모르겠는데요. 가서 확인해 봐요."

허수아비가 대답했습니다.

그때 신음 소리가 또 한 번 들렸는데, 이번에는 뒤쪽에서 나는 것 같았습니다. 도로시와 허수아비는 몸을 돌려 숲속으로 몇 발자국 들어갔고, 도로시는 나무 사이로 비쳐 드는 햇살 속에서 무언가 반짝이는 것을 발견했습니다. 도로시가 그곳으로 달려가다가 흠칫 발을 멈추고 비명을 질렀습니다.

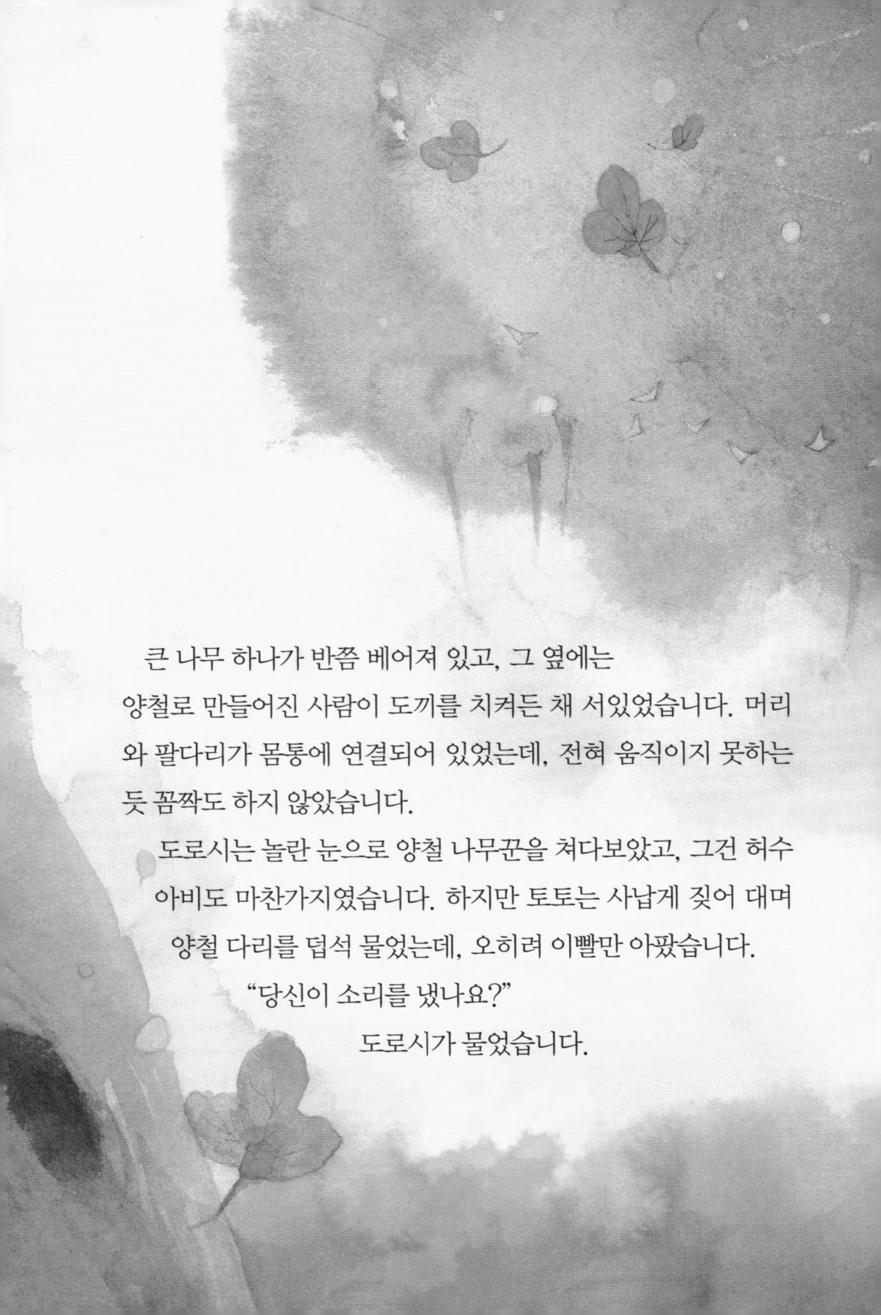

큰 나무 하나가 반쯤 베어져 있고, 그 옆에는 양철로 만들어진 사람이 도끼를 치켜든 채 서있었습니다. 머리와 팔다리가 몸통에 연결되어 있었는데, 전혀 움직이지 못하는 듯 꼼짝도 하지 않았습니다.

도로시는 놀란 눈으로 양철 나무꾼을 쳐다보았고, 그건 허수아비도 마찬가지였습니다. 하지만 토토는 사납게 짖어 대며 양철 다리를 덥석 물었는데, 오히려 이빨만 아팠습니다.

"당신이 소리를 냈나요?"

도로시가 물었습니다.

"맞아요. 내가 그랬어요. 일 년이 넘게 말이죠. 소리를 듣고 도와주러 오는 사람이 아무도 없었거든요."

양철 나무꾼이 서글프게 대답했습니다.

"내가 뭘 도와드리면 되죠?"

슬픈 목소리를 듣자 마음이 짠해진 도로시가 다정하게 물었습니다.

"기름통을 가져와 연결 부위에 기름을 부어 주세요. 관절이 심하게 녹슬어서 옴짝달싹도 못하겠어요. 기름칠을 하면 예전처럼 잘 움직일 수 있을 거예요. 오두막 선반에 기름통이 있어요."

도로시는 곧장 오두막으로 달려가 기름통을 찾아 들고 숲으로 돌아왔습니다.

"관절이 어디죠?"

도로시가 긴장한 목소리로 물었습니다.

"먼저 목에다 뿌려 줘요."

양철 나무꾼이 대답했습니다.

하지만 워낙 녹이 심하게 슨 탓에 도로시가 기름을 뿌리고 나서도 허수아비가 양철 나무꾼의 머리를 잡고 부드럽게 움직일 때까지 조심스레 요리조리 돌려 줘야 했고, 그런 다음에야 비로소 혼자서 목을 돌릴 수 있게 되었습니다.

"이번엔 팔에다 뿌려 주세요."

도로시가 팔에 기름을 뿌리자, 허수아비가 팔을 살살 굽혔다

폈다 해주며 새것처럼 잘 움직이게 도와주었습니다.

양철 나무꾼이 만족스러운 듯 한숨을 내쉬더니 치켜들고 있던 도끼를 내려 나무에 기대 놓았습니다.

"정말 살 것 같군요. 녹이 슨 후부터 저 도끼를 줄곧 들고 있었는데, 이제야 내려놓게 되다니 얼마나 기쁜지 모르겠어요. 이제 다리에만 뿌리면 예전이랑 똑같아지겠어요."

도로시와 허수아비가 양철 나무꾼의 다리에 기름을 뿌려 자유롭게 움직일 수 있게 해주었습니다. 그러자 양철 나무꾼은 두 사람에게 몇 번이나 고맙다는 인사를 했습니다. 양철 나무꾼은 무척 예의가 바르고 고마워할 줄 아는 사람인 듯했습니다.

"당신들이 길을 지나가지 않았으면 난 평생 여기 서있었을지도 몰라요. 그러니 생명의 은인이나 다름없어요. 그런데 이곳엔 어쩐 일이죠?"

"우리는 위대한 오즈를 만나러 에메랄드 시로 가는 길인데, 나무꾼님 오두막에서 하룻밤을 묵었답니다."

도로시가 대답했습니다.

"오즈는 만나서 뭐 하려고요?"

"캔자스로 돌려보내 달라고 할 거예요. 허수아비는 머릿속에 뇌를 넣어 달라고 부탁할 거고요."

양철 나무꾼은 도로시의 대답에 곰곰이 생각하는가 싶더니 이렇게 물었습니다.

"오즈가 나한테도 심장을 줄 수 있을까요?"

"아마 그럴걸요. 허수아비한테 뇌를 줄 수 있다면 심장도 문제없을 거예요."

"그렇겠죠? 그럼 두 분이 길동무로 받아 준다면 나도 에메랄드 시에 가서 오즈에게 도와 달라고 부탁하고 싶어요."

"좋아요, 같이 가요."

허수아비가 진심으로 말했습니다. 도로시도 함께 가면 좋겠다고 거들었습니다. 그렇게 해서 양철 나무꾼은 어깨에 도끼를 둘러메고 모두와 함께 숲을 지나 노란 벽돌 길이 있는 데로 나왔습니다.

양철 나무꾼이 기름통을 바구니에 담아 가자고 부탁했습니다.

"비를 맞아서 혹시 녹이라도 슬게 되면 기름통이 꼭 필요하거든요."

여행길에 새 친구가 생긴 건 잘된 일이었습니다. 다시 길을 떠난 지 얼마 지나지 않아 나뭇가지가 빽빽하게 길을 덮어 도저히 지나갈 수 없는 곳에 이르렀기 때문입니다. 하지만 양철 나무꾼이 도끼를 휘둘러 나뭇가지들을 휙휙 쳐냈고, 이내 길이 생겼습니다.

도로시는 곰곰이 생각에 잠겨 걷느라 허수아비가 구멍에 걸려 길옆으로 데굴데굴 굴러가는 모습을 보지 못했습니다. 결국 허수아비는 또 한 번 도로시에게 도와 달라고 소리를 쳐야 했습니다.

양철 나무꾼이 물었습니다.

"왜 구멍을 안 피했어요?"

허수아비가 씩씩하게 대답했습니다.

"난 아직 모르는 게 많아요. 보다시피 내 머리엔 지푸라기만 가득 들어 있잖아요. 내가 오즈에게 가는 것도 다 뇌를 부탁하기 위해서라고요."

"아, 그렇군요. 하지만 아무리 그래도 뇌가 세상에서 가장 소중한 건 아니에요."

"당신은 뇌가 있나요?"

"아뇨. 내 머리는 텅텅 비었어요. 하지만 옛날엔 뇌도 있고 심장도 있었죠. 둘 다 사용해 봤지만 나는 심장을 더 원해요."

"어째서요?"

"내 얘기를 들어 보면 이해가 될 거예요."

그래서 숲을 지나는 동안 양철 나무꾼은 자신의 얘기를 들려주었습니다.

"내 아버지는 숲에서 나무를 베어다 파는 나무꾼이었어요. 그래서 나도 자라면서 자연스레 나무꾼이 되었죠. 아버지가 돌아가신 후엔 늙은 어머니를 돌보며 살았어요. 그러다 어머니마저 돌아가시자 혼자 살지 말고 결혼을 해야겠다고 마음먹었죠. 그러면 외롭지 않을 테니까요.

그리고 이내 먼치킨 처녀 중에서 아주 아름다운 아가씨를 만나 진심으로 사랑하게 됐죠. 그 아가씨는 내가 멋진 집을 지을 만큼 돈을 모으면 당장 결혼하겠다고 약속했어요. 그래서 난 전보다 훨씬 더 열심히 일을 했죠. 하지만 아가씨와 함께 살던 노파는 아가씨가 평생 결혼하지 않았으면 했어요. 워낙 게으른 사람이라 아가씨가 자기랑 계속 살며 요리와 살림을 해주길 바랐던 거죠.

노파는 동쪽 나라 나쁜 마녀를 찾아가 결혼을 못하게 해주면 양 두 마리와 소 한 마리를 바치겠다고 약속했어요. 그러자 나쁜 마녀가 내 도끼에 마법을 걸었어요. 그리고 하루라도 빨리 새 집과 아내를 얻고 싶은 마음에 정신없이 도끼질을 하고 있던 어느 날, 갑자기 도끼가 손에서 미끄러지더니 내 왼쪽 다리를 베고 말았지요.

처음엔 이 사고가 말도 못할 불행으로 여겨졌어요. 나무꾼이 한쪽 다리만 가지고 어떻게 제대로 일을 하겠어요. 그래서 양철공에게 가서 양철로 새 다리를 만들어 달라고 했지요. 일단 양철 다리에 익숙해지자 아주 잘 움직일 수 있었어요. 하지만 결혼을 막겠다고 노파와 약속했던 나쁜 마녀는 화가 단단히 났지요. 내가 다시 일을 시작하자, 도끼가 또 미끄러지더니 오른쪽 다리마저 잘라 버렸어요. 나는 양철공을 찾아가 다시 다리를 만들어 달라고 했지요. 그 후로도 마법에 걸린 도끼는 두 팔마저 차례차례 베어 버렸어요. 하지만 난 눈썹 하나 까딱하지 않고 양철 팔을 만들어 달았지요. 그러자 나쁜 마녀가 도끼를 미끄러뜨려 내 목까지 날아가게 만들었어요. 그땐 정말 모든 게 끝이다 싶더군요. 그런데 때마침 지나가던 양철공이 나를 발견하고는 양철로 새 머리를 만들어 준 거예요.

나는 드디어 나쁜 마녀를 이겼다고 생각하고는 더욱더 열심히 일했어요. 마녀가 얼마나 잔인한 존재인지 까맣게 모른 채 말이죠. 이제 마녀는 아름다운 먼치킨 아가씨를 사랑하는 내 마음을 없애야겠다는 작전을 세웠어요. 그래서 도끼를 다시 미끄러지게 해서 내 몸을 두 동강 내버렸죠. 그리고 이번에도 양철공이 나를 도와 양철 몸통을 만들고, 관절을 이용해 양철 팔과 양철 다리를 붙여 주었어요. 덕분에 옛날처럼 자유롭게 움직일 수 있었죠. 하지만 안타깝게도 심장을 잃은 탓에 아가씨를 사랑하는 마음까지 몽땅 사라져 버렸고, 결국은 결혼을 하든 말든 신경조차 쓰지 않게 되고 말았어요. 지금도 어쩜 그 아가씨는 노파와 함께 살며 내가 찾아오길 기다리고 있을지도 몰라요.

햇빛을 받아 반짝반짝 빛나는 내 몸이 나는 너무 자랑스러웠어요. 게다가 이제는 도끼가 아무리 미끄러진다 해도 겁날 게 없었어요. 딱 하나 걱정이라면 바로 관절 부분에 녹이 슨다는 점이었죠. 그래서 오두막 안에 기름통을 두고, 필요할 때마다 기름을 바르곤 했어요. 그런데 어느 날, 기름을 치는 걸 깜박 잊은 거예요. 그러다 폭풍우를 만나게 됐는데, 관절 걱정을 하기도 전에 몸이 벌써 굳어 버려 이렇게 여러분들이 도와주러 올 때까지 숲속에 꼼짝없이 서있을 수밖에 없었어요. 얼마나 끔찍했는지 몰라요. 하지만 일 년 동안 그 자리에 서서 곰곰이 생각해 보니, 내가 잃어버린 가장 소중한 것은 바로 심장이라는 사실을 깨닫게 됐어요. 사랑에 빠져 있었을 때 난 세상에서 제일 행복한 남자였어요. 하지만 누구도 심장이 없는 사람을 사랑할 순 없어요. 그래서 오즈에게 부탁해 심장을 얻어야겠다고 결심했어요. 오즈가 이 소원을 들어준다면 난 아가씨를 찾아가 결혼할 생각이에요."

도로시와 허수아비는 양철 나무꾼의 얘기에 흠뻑 빠져들었고, 양철 나무꾼이 어째서 그렇게 새 심장을 얻고 싶어 하는지 이해하게 되었습니다.

허수아비가 입을 열었습니다.

"그래도 난 심장 대신 뇌를 달라고 할 거예요. 바보들은 심장이 있다 해도 그걸로 뭘 해야 할지 모르거든요."

"난 심장을 얻을 거예요. 뇌는 사람을 행복하게 만들어 주지 못해요. 세상에서 가장 소중한 건 바로 행복이라고요."

도로시는 둘 중 누구 말이 옳은지 헷갈려 아무 말도 할 수가 없었습니다. 일단 엠 아줌마가 계시는 캔자스로 돌아가기만 하면 나무꾼에게 심장이 있든 말든 허수아비에게 뇌가 있든 말든, 그런 건 전혀 중요하지 않을 거라고만 생각했습니다.

지금 도로시가 제일 걱정하는 것은 도로시와 토토가 먹을 빵이 한 끼분밖에 바구니 속에 남아 있지 않다는 사실이었습니다. 양철 나무꾼이나 허수아비야 아무것도 안 먹어도 되겠지만, 도로시는 양철도 지푸라기도 아니니 먹지 않고는 살 수가 없었습니다.

06

겁쟁이 사자

도로시와 친구들은 계속해서 울창한 숲을 걸어 나갔습니다. 노란 벽돌이 깔려 있긴 했지만, 마른 가지와 낙엽들이 수북이 쌓여 있어 걷기가 무척 힘들었습니다.

새들은 따스한 햇살이 쏟아지는 너른 들판을 좋아하는지라 이 숲에는 거의 보이지 않았습니다. 하지만 나무 사이에 숨은 짐승들이 낮게 으르렁대는 소리는 이따금 들렸습니다. 그때마다 도로시는 무슨 소린지 몰라서 가슴이 콩닥콩닥 뛰었습니다. 하지만 토토는 뭔가 낌새를 차렸는지, 짖지도 않고 도로시 옆에 찰싹 달라붙어 걸었습니다.

"얼마나 가야 숲이 끝날까요?"

도로시가 양철 나무꾼에게 물었습니다.

"에메랄드 시는 나도 처음이라 잘 모르겠어요. 어렸을 때 아버지가 한 번 다녀오신 적이 있는데, 오즈가 사는 에메랄드 시에 가까워질수록 주위가 아름다워진대요. 하지만 위험한 곳을 지나야 하는 먼 길이라고 하셨어요. 그래도 기름통만 옆에 있으면 난 두렵지 않아요. 허수아비도 다칠 염려가 없고요. 그리고 아가씨는 이마에 착한 마녀의 입맞춤을 받았으니 그 표시가 아가씨를 위험으로부터 지켜 줄 거예요."

그러자 도로시가 걱정스럽게 물었습니다.

"그러면 토토는? 토토는 누가 지켜 주죠?"

"토토가 위험에 빠지면 그땐 우리가 나서야지요."

양철 나무꾼의 말이 끝나기가 무섭게 숲에서 무시무시한 울음소리가 들리더니, 커다란 사자 한 마리가 길로 뛰어들었습니다. 사자가 앞발을 한 번 휘두르자, 허수아비가 빙글빙글 돌며 길가로 나가떨어졌습니다. 그러고는 날카로운 발톱으로 양철 나무꾼을 공격했습니다. 순식간에 양철 나무꾼이 길 위에 털썩 엎어지더니 꼼짝을 못했습니다. 하지만 몸에 아무런 상처도 남아 있지 않자, 사자도 흠칫 놀라는 기색이었습니다.

이제 적과 정면으로 마주하게 된 토토는 마구 짖으며 사자를 향해 달려들었습니다. 커다란 사자가 작은 강아지를 물려고 입을 딱 벌렸습니다. 토토가 죽을까 봐 겁이 난 도로시가 위험한

줄도 모르고 사자에게 달려들어서는 있는 힘껏 코를 후려치며 소리쳤습니다.

"감히 토토를 물려고! 커다란 맹수가 불쌍한 강아지를 물다니 부끄러운 줄 알아요!"

그러자 사자가 콧등을 앞발로 문지르며 말했습니다.

"난 안 물었어요."

"하지만 물려고 했잖아요. 덩치만 큰 겁쟁이 같으니라고."

도로시가 쏘아붙였습니다.

사자가 부끄러워 고개를 숙이며 말했습니다.

"나도 알아요. 옛날부터 알고 있었어요. 하지만 날더러 어쩌라고요?"

"그걸 내가 어떻게 알아요? 불쌍한 지푸라기 허수아비나 공격하는 주제에!"

도로시가 허수아비를 일으켜 똑바로 세우고는 톡톡 두드려 모양을 잡아 주었습니다. 그 모습을 지켜보던 사자가 놀라 물었습니다.

"지푸라기라고요?"

"물론이죠."

여전히 화가 풀리지 않은 채로 도로시가 대꾸했습니다.

"그래서 그렇게 쉽게 나가떨어졌군요. 빙그르르 돌아서 얼마나 놀랐는지 몰라요. 그럼 저기 있는 것도 지푸라기로 만들어졌나요?"

"아뇨, 양철이에요."

도로시가 양철 나무꾼을 부축해 일으켰습니다.

"그래서 내 발톱이 뭉뚝해질 뻔했군요. 발톱에 양철이 긁히는 순간 등에 소름이 쫙 끼치더라고요. 그런데 아가씨가 애지중지하는 저 작은 동물은 뭐죠?"

"내 강아지, 토토예요."

"양철인가요, 아니면 지푸라기인가요?"

"둘 다 아니에요. 토토는…… 그러니까…… 살아 있는 동물이에요."

"네, 참 신기하게 생긴 동물이군요. 이제 보니 진짜 작은데요. 나 같은 겁쟁이가 아니면 물 생각조차 안 할 정도로 말이죠."

사자가 슬픈 목소리로 말했습니다.

"어쩌다 겁쟁이가 됐죠?"

도로시가 놀란 눈으로 덩치가 망아지만 한 이 커다란 동물을 쳐다보며 물었습니다.

사자가 대답했습니다.

"그게 참 알다가도 모르겠어요. 아마 태어날 때부터 겁쟁이였나 봐요. 숲속에 사는 동물들은 당연히 내가 용감할 거라고 생각하죠. 사자는 어디서나 동물의 왕으로 대접받으니까요. 내가 큰 소리로 으르렁거리면 살아 있는 것들은 모두 벌벌 떨며 길을 터주죠. 난 사람을 만날 때마다 겁이 나서 어쩔 줄 모르겠어요. 하지만 내가 으르렁대기만 하면 다들 죽어라 줄행랑을 치죠. 코끼리나 호랑이, 곰이 덤벼들려고 하면 오히려 도망치는 쪽은 내 쪽일 텐데 말이에요. 난 그 정도로 겁쟁이예요. 그런데도 내 울음소리만 들으면 하나같이 정신없이 꽁무니를 빼거든요. 물론 그럴 때 난 절대로 뒤쫓아가지 않죠."

그러자 허수아비가 말했습니다.

"하지만 그건 말이 안 돼. 동물의 왕이 겁쟁이라니."

사자가 꼬리 끝으로 눈물을 닦으며 대꾸했습니다.

"그래요. 그래서 내가 이렇게 슬프고 불행한 거예요. 하지만 위험이 닥치면 심장부터 두근대는걸요."

"심장병이 있나 보죠."

양철 나무꾼이 말했습니다.

"그럴지도 몰라요."

사자가 고개를 끄덕였습니다.

양철 나무꾼이 말을 이었습니다.

"만약 그렇다면 심장이 있다는 증거니까 오히려 기뻐해야지요. 난 심장이 없어서 심장병에 걸릴 수도 없거든요."

사자가 곰곰이 생각하더니 말했습니다.

"하지만 심장이 없었으면 겁쟁이가 안 됐을지도 모르잖아요."

허수아비가 물었습니다.

"그럼 머리에 뇌는 있어요?"
"있을 거예요. 눈으로 본 적은 없지만."
"나는 뇌를 달라고 부탁하러 위대한 마법사 오즈를 찾아가고 있어요. 내 머릿속엔 온통 지푸라기뿐이거든요."
그러자 양철 나무꾼이 말했습니다.
"난 심장을 달라고 부탁할 거예요."
도로시도 거들었습니다.
"난 토토와 함께 캔자스로 보내 달라고 할 거예요."
겁쟁이 사자가 물었습니다.
"오즈가 나한테 용기도 줄 수 있을까요?"
"나한테 뇌를 줄 수 있다면 용기도 문제없을 거예요."
허수아비가 대답했습니다.
"나한테 심장을 줄 수 있다면."
양철 나무꾼이 덧붙였습니다.
"나를 캔자스로 돌려보내 줄 수 있다면."
도로시도 말했습니다.
"그럼, 여러분이 괜찮다면 나도 같이 가고 싶어요. 용기도 없이 이렇게는 더 이상 못 살겠어요."
도로시가 반기며 말했습니다.
"물론 좋아요. 덕분에 다른 동물들이 얼씬도 못할 테니 말이에요. 그렇게 쉽게 겁먹는 걸 보면 다른 동물들은 사자님보다 더 겁쟁이인 게 틀림없어요."

"그건 그래요. 하지만 그렇다고 내가 더 용감해지는 건 아니죠. 자기가 겁쟁이란 걸 아는데 어떻게 행복할 수 있겠어요."

그렇게 도로시와 친구들은 다시 길을 떠났고, 사자도 도로시 옆에서 당당하게 걸음을 옮겼습니다. 처음에 토토는 새로운 길동무가 영 못마땅했습니다. 사자의 커다란 입에 물려 죽을 뻔했다는 사실을 잊을 수가 없었기 때문입니다. 하지만 시간이 지나자 점차 마음이 누그러졌고, 이내 사이좋은 친구가 되었습니다.

그리고 그날 하루는 더 이상 아무런 일 없이 평화로웠습니다. 사실, 양철 나무꾼이 길 위를 기어가는 딱정벌레 한 마리를 밟아 죽인 일이 있긴 했습니다. 생물들이 다칠까 봐 늘 조심해 오던 양철 나무꾼은 이 일로 무척 속이 상했습니다. 나무꾼은 길을 걸으면서 슬픔과 후회의 눈물을 주르륵 흘렸습니다. 천천히 볼을 타고 흘러내린 눈물이 턱관절에 닿으면서 나무꾼의 턱에 금방 녹이 슬고 말았습니다. 도로시가 양철 나무꾼에게 무언가 질문을 했을 때, 턱이 붙어 버린 양철 나무꾼은 입을 벌릴 수가 없었습니다. 겁에 질린 나무꾼이 온갖 몸짓을 해가며 도와 달라고 애원했지만, 도로시는 영문을 몰랐습니다. 사자는 사자대로 뭐가 잘못된 건지 몰라 허둥댔습니다. 하지만 허수아비가 도로시의 바구니에서 기름통을 꺼내 나무꾼의 턱에 기름을 뿌렸습니다. 잠시 후 나무꾼의 입이 열렸습니다.

“이번 일로 길을 잘 보고 걸어야 한다는 교훈을 얻었어요. 내가 딱정벌레나 다른 벌레를 죽이게 되면 또 이렇게 눈물을 흘릴 테고, 눈물에 턱이 녹슬어 말을 못하게 될 테니까요.”

그 후로 양철 나무꾼은 길만 내려다본 채 조심조심 걸음을 옮겼고, 작은 개미 한 마리라도 발견하면 다치지 않게 발을 들어 넘어갔습니다. 양철 나무꾼은 자신에게 심장이 없다는 사실을 잘 알고 있었기에 그 어떤 것에도 잔인하거나 쌀쌀맞게 굴지 않으려고 애를 썼습니다.

“여러분은 바른길로 이끌어 주는 심장이 있으니까 죄를 짓지 않으려고 애쓸 필요가 없을 거예요. 하지만 나는 심장이 없어서 무척 조심해야 해요. 물론 오즈한테 심장을 받으면 이렇게까지 신경 쓰지 않아도 되겠죠."

07

오즈에게로 가는 여행

근처에 집이 없었던 탓에 그날 밤은 큰 나무 아래서 잘 수밖에 없었습니다. 다행히 울창한 나무가 가림막이 되어 이슬을 피할 수 있었습니다. 양철 나무꾼이 잘라 온 나뭇가지로 도로시가 불을 활활 지피자 몸이 따뜻해지면서 외로움도 조금 가시는 듯했습니다. 도로시와 토토는 마지막 남은 빵을 먹었습니다. 내일 아침은 무얼 먹어야 할지 도로시는 막막했습니다.

사자가 입을 열었습니다.

"내가 숲에 들어가서 사슴이라도 잡아 올까요? 사람들은 식성이 유별나서 익혀 먹는 걸 좋아하니까 불에다 구워 먹으면 아침 식사로 그만일 거예요."

"안 돼요! 제발 그러지 마세요. 불쌍한 사슴을 죽이면 내 눈에선 분명 눈물이 날 테고, 그러면 턱이 또 녹슬고 만다고요."

양철 나무꾼이 애원했습니다.

그래서 사자는 숲으로 들어가 혼자서 저녁을 해결했습니다. 사자가 말을 안 한 까닭에 무엇을 먹었는지는 아무도 몰랐습니다. 한편 허수아비는 호두가 잔뜩 열린 나무를 찾아내 도로시가 한동안 배를 곯지 않도록 바구니에 가득 담았습니다. 도로시는 허수아비가 정말 친절하고 생각이 깊다고 생각하면서도 허수아비가 호두를 주워 담는 모습이 너무 우스꽝스러워서 웃음이 터져 나왔습니다. 지푸라기 손은 둔하고 어설프기만 한데 호두는 워낙 작다 보니 담는 게 반, 흘리는 게 반이었습니다. 하지만 허수아비는 시간이 얼마나 걸리든 상관없었습니다. 혹시라도 불꽃이 짚에 튀어 몸이 타면 어쩌나 불안하던 차에 불에서 떨어져 있을 좋은 구실이 되었습니다. 그래서 허수아비는 불에서 계속 멀리 떨어져 있다가 도로시가 자리에 눕자 마른 잎을 덮어 주러 딱 한 번 다가왔을 뿐이었습니다. 마른 잎 이불이 포근하고 따뜻하게 몸을 감싸 준 덕에 도로시는 아침까지 단잠을 잤습니다. 날이 밝자 도로시는 작은 시내에서 얼굴을 씻었고, 곧 다 함께 에메랄드 시를 향해 길을 떠났습니다.

이날, 여행자들은 많은 일을 겪게 될 터였습니다. 걸은 지 한 시간도 채 안 지났을 때 커다란 도랑이 길을 막았습니다. 도랑을 사이에 두고 숲이 반으로 나뉘어져 있었습니다. 도랑은 넓이가 어마어마했고, 도랑가로 조심조심 다가가 물속을 들여다보니 깊이도 엄청 깊은 것이 바닥엔 크고 뾰족한 바위까지 가득했습니다. 도랑 기슭은 또 어찌나 가파른지 내려갈 수조차 없었습니다. 다들 여행을 여기서 끝내야 하는 게 아닌가 하는 생각이 한순간 들었습니다.

"이제 어쩌면 좋죠?"

도로시가 절망적으로 물었습니다.

"아무 생각도 안 나는걸요."

양철 나무꾼이 대꾸했습니다.

사자는 갈기를 흔들며 생각에 잠긴 표정을 지었습니다. 그때 허수아비가 입을 열었습니다.

"확실한 건 우리가 날아서 건널 순 없다는 거예요. 그렇다고 이 넓은 도랑 속으로 들어갈 수도 없지요. 그러니 뛰어넘지 않는다면 여행은 여기서 끝나는 거예요."

그러자 겁쟁이 사자가 신중하게 거리를 가늠해 보며 말했습니다.

"난 뛰어넘을 수 있을 것 같아요."

"그러면 모두 건널 수 있어요. 사자님이 우리를 등에 하나씩 태우고 도랑을 건너는 거예요."

"좋아요. 한번 해보죠. 누가 처음 타겠어요?"

허수아비가 나섰습니다.

"내가 먼저 하지요. 혹시라도 잘못되면 도로시는 목숨을 잃게 되고, 양철 나무꾼은 바위에 부딪혀 심하게 찌그러져 버릴 거예요. 하지만 나는 떨어져도 다칠 염려가 없으니 괜찮을 거예요."

그러자 겁쟁이 사자가 대꾸했습니다.

"나도 빠질까 봐 정말 무서워요. 하지만 다른 방법이 없는 것 같네요. 그러니 내 등에 타고 한번 시도해 보기로 해요."

허수아비가 사자의 등에 올라타자 사자는 도랑가로 걸어간 다음 몸을 움츠렸습니다.

허수아비가 물었습니다.

"왜 멀리서 달려와 넘지 않아요?"

"우리 사자들은 그렇게 하지 않거든요."

말을 마친 사자가 펄쩍 뛰어오르더니 허공을 날아 맞은편 도랑가에 안전하게 도착했습니다. 사자가 얼마나 간단하게 뛰어넘던지 다들 크게 기뻐했습니다. 허수아비가 등에서 내리자 사자는 다시 도랑을 훌쩍 뛰어넘었습니다.

이제 자기 차례라고 생각한 도로시는 토토를 품에 안은 채 사자의 등에 올라탄 다음 한 손으로 갈기를 꼭 움켜쥐었습니다. 다음 순간 도로시는 하늘을 나는 기분을 느꼈습니다. 그리고 미처 생각할 틈도 없이 맞은편에 안전하게 도착했습니다. 사자는 세 번째로 도랑을 건너 양철 나무꾼을 태우고 돌아왔습니다. 연거

푸 뛰느라 숨이 차는 사자를 위해 다들 잠시 동안 쉬어 가기로 했습니다. 사자는 먼 길을 달려온 큰 개처럼 숨을 헐떡였습니다.

이쪽 숲은 더 울창해서인지 어둡고 음산한 느낌이 들었습니다. 사자가 충분히 쉬고 나자 일행은 다시 노란 벽돌 길을 따라 걷기 시작했습니다. 다들 말은 안 해도 숲을 무사히 빠져나와 다시 밝은 햇살을 볼 수 있을까 불안했습니다. 게다가 숲 깊숙한 곳에서 이상한 소리까지 들려왔습니다. 사자가 이곳은 칼리다가 사는 곳이라고 속삭였습니다.

"칼리다가 뭔데요?"

도로시가 물었습니다.

"몸은 곰 같고 머리는 호랑이 같은 괴상한 동물이랍니다. 발톱이 어찌나 길고 날카로운지 내가 토토를 쉽게 죽일 수 있는 것처럼 그놈은 나도 둘로 찢어 놓을 수 있어요. 난 칼리다가 너무 무서워요."

"사자님이 그러는 것도 무리가 아니겠네요. 그놈들은 무시무시한 맹수가 틀림없어요."

사자가 뭐라 대꾸하려는 순간, 갑자기 앞에 또 다른 도랑이 나타났습니다. 얼마나 넓고 깊은지 사자도 뛰어넘지 못할 것 같았습니다.

그래서 다들 방법을 찾기 위해 한자리에 모여 앉았습니다. 곰곰이 생각에 잠겨 있던 허수아비가 마침내 입을 열었습니다.

"도랑 가까이 큰 나무가 하나 보이죠. 양철 나무꾼이 그 나무를 넘어뜨리면 맞은편 둑에 닿게 돼요. 그러면 쉽게 건너갈 수 있을 거예요."

사자가 말했습니다.

"정말 멋진 생각이에요. 당신 머리에 뇌가 아닌 지푸라기가 들어 있다고 누가 생각하겠어요."

양철 나무꾼이 곧 일을 시작했습니다. 도끼가 워낙 날카로워 순식간에 나무둥치가 간당간당해졌습니다. 그러자 사자가 튼실한 앞다리를 나무에 대고 있는 힘껏 밀었습니다. 커다란 나무가 천천히 기울어지는가 싶더니 "우지끈" 하고 도랑 건너편으로 쓰러졌고, 나무 꼭대기가 맞은편 둑에 걸쳐졌습니다.

그런데 도로시와 친구들이 이 희한한 나무다리를 막 건너려는 순간, 어디선가 날카로운 울음소리가 들려왔습니다. 황급히 고개를 돌린 일행은 곰 몸뚱이에 호랑이 머리를 한 맹수 두 마리가 이쪽으로 달려오는 것을 발견했습니다. 모두들 등골이 오싹해졌습니다.

"칼리다예요!"

겁쟁이 사자가 덜덜 떨며 외쳤습니다.

"서둘러요! 빨리 건너요."

허수아비가 재촉했습니다.

도로시가 토토를 안고 앞장서고, 양철 나무꾼과 허수아비가 차례로 그 뒤를 따랐습니다. 사자는 겁이 나긴 했지만, 칼리다 쪽으로 몸을 돌리고는 귀가 찢어질 정도로 크고 무시무시한 소리를 내뱉었습니다. 그 서슬에 도로시가 비명을 질렀고, 허수아비는 뒤로 나자빠졌으며, 맹렬히 달려오던 칼리다들도 멈칫하며 놀란 눈으로 사자를 쳐다보았습니다.

하지만 자기들이 사자보다 덩치가 큰 데다 사자는 혼자고 자기들은 둘이라는 사실을 떠올리고는 다시 앞으로 달려들었습니다. 사자는 나무다리를 건넌 다음 칼리다들이 어쩌나 지켜보았습니다. 칼리다들이 머뭇거리지도 않고 나무다리를 건너기 시작했습니다. 사자가 도로시를 보며 말했습니다.

"이젠 틀렸어요. 저놈들이 날카로운 발톱으로 우릴 산산이 찢어 놓을 게 뻔해요. 그래도 내 뒤에 바싹 붙어 있어요. 내가 죽을 때까지 싸우겠어요."

그때 허수아비가 소리쳤습니다.

"잠깐만요!"

이리저리 방법을 궁리하던 허수아비는 양철 나무꾼에게 둑에 걸쳐져 있는 나무의 끝을 잘라 버리라고 부탁했습니다. 말이 끝나기가 무섭게 양철 나무꾼이 도끼를 휘둘렀고, 칼리다들이 다리를 거의 다 건너왔을 즈음, 나무가 "뿌지직" 소리를 내며 도랑으로 떨어졌습니다. 그러자 나무 위에 있던 추악한 짐승들도 울부짖으며 도랑으로 곤두박질쳤고, 바닥에 있던 뾰족한 바위에 부딪쳐 몸이 갈기갈기 찢기고 말았습니다.

겁쟁이 사자가 안도의 숨을 길게 내쉬며 말했습니다.

"좀 더 살게 되어 기쁘군요. 죽는다는 건 확실히 끔찍한 일이니까요. 얼마나 겁이 났는지 아직도 심장이 펄떡펄떡 뛰네요."

양철 나무꾼이 말했습니다.

"아, 나도 그렇게 뛰는 심장이 있다면."

이번 사건으로 도로시와 친구들은 숲을 빠져나가고 싶은 마음이 더욱 커졌습니다. 너무 서둘러 걸은 탓에 도로시는 지쳐버려 사자의 등에 올라타야만 했습니다. 정말 기쁘게도 갈수록 나무들은 드문드문해졌고, 오후가 되자 세차게 흐르는 큰 강이 눈앞에 불쑥 나타났습니다. 강 건너편에는 아름다운 초원 사이로 노란 벽돌 길이 나 있는데, 푸른 들판에 예쁜 꽃들이 군데군데 피어 있고, 길가엔 맛있는 열매가 주렁주렁 달린 나무들이 늘어서 있었습니다. 도로시와 친구들은 멋진 광경에 기쁨을 감추지 못했습니다.

도로시가 입을 열었습니다.

"어떻게 강을 건너죠?"

허수아비가 대답했습니다.

"그거야 쉽죠. 양철 나무꾼이 뗏목을 만들면 그걸 타고 건너가면 돼요."

그래서 양철 나무꾼은 도끼로 작은 나무들을 잘라 분주히 뗏목을 만들기 시작했습니다. 그동안 허수아비는 강둑에서 맛있는 과일이 가득 열린 나무 한 그루를 찾아냈습니다. 하루 종일 호두밖에 먹지 못한 도로시는 무척 기뻐하며 잘 익은 과일로 실컷 배를 채웠습니다.

하지만 뗏목을 만드는 일은 부지런하고 지칠 줄 모르는 양철 나무꾼이라 해도 시간이 많이 걸리는 작업이어서, 뗏목이 완성되기도 전에 날이 어두워지고 말았습니다. 그래서 도로시와 친구들은 나무 아래에 아늑한 잠자리를 마련하고 아침이 될 때까지 단잠을 잤습니다. 도로시는 에메랄드 시에 대한 꿈을 꾸었고, 곧 자신을 집으로 돌려보내 줄 착한 마법사 오즈도 꿈속에서 만났습니다.

08

위험한 양귀비 꽃밭

다음 날 도로시와 친구들은 희망에 들떠 상쾌한 아침을 맞았습니다. 도로시는 강가 나무에서 딴 복숭아와 자두로 공주처럼 아침을 먹었습니다. 가슴이 철렁 내려앉는 일을 많이 겪긴 했지만 그래도 잘 이겨 내며 지나온 시커먼 숲이 등 뒤에 있었습니다. 하지만 눈앞에는 에메랄드 시로 오라고 손짓하듯 아름답고 눈부신 초원이 펼쳐져 있었습니다.

물론 넓은 강이 가로막고 있긴 했지만 뗏목은 거의 완성되었습니다. 양철 나무꾼이 통나무를 몇 개 더 잘라 나무못으로 뗏목에 단단히 연결하자 드디어 떠날 준비가 끝났습니다. 도로시가 토토를 안고 뗏목 가운데 자리를 잡았습니다. 무겁고 덩치가 큰 겁쟁이 사자가 뗏목 위에 발을 올려놓자 뗏목이 심하게 기우뚱거렸습니다. 하지만 허수아비와 양철 나무꾼이 반대편 끝에 올라서 균형을 잡은 후 장대를 손에 쥐고 강 쪽으로 뗏목을 밀었습니다.

처음엔 쑥쑥 잘 나가는 듯했습니다. 그런데 중간쯤 왔을 때 뗏목이 갑자기 급류에 휘말리더니 노란 벽돌 길에서 점점 멀리 밀려났습니다. 물이 어찌나 깊은지 장대가 바닥에 닿지도 않았습니다.

양철 나무꾼이 말했습니다.

"큰일이네. 강을 못 건너가면 서쪽 마녀가 사는 나라로 떠내려가고 말 텐데. 그러면 마녀가 마법을 걸어 우릴 노예로 만들어 버릴 거예요."

"그러면 난 뇌를 못 가지게 되잖아요."

허수아비가 말했습니다.

"난 용기를 못 얻게 되고요."

겁쟁이 사자가 덧붙였습니다.

"난 심장을 못 얻게 돼요."

양철 나무꾼이 말했습니다.

"그리고 난 다시는 캔자스에 못 돌아가요."

도로시가 말했습니다.

"그러니까 모두 에메랄드 시로 꼭 가야만 해요."

허수아비가 말했습니다. 그러고는 장대를 세게 밀었는데, 어찌나 힘을 줬던지 장대가 강바닥 진흙 속에 단단히 박혀 버렸습니다. 그리고 장대를 뽑거나 장대에서 미처 손을 떼기도 전에 뗏목이 떠내려가는 바람에 허수아비는 가엾게도 강 한가운데서 장대에 매달리고 말았습니다.

"잘 가요!"

허수아비가 친구들을 향해 소리쳤습니다. 친구들은 허수아비만 두고 가는 게 무척 미안했습니다. 아니나 다를까 양철 나무꾼은 훌쩍거리기 시작했는데, 다행히도 녹슬지 모른다는 생각이 들었는지 도로시의 앞치마로 눈물을 닦아 냈습니다.

물론 허수아비로서는 정말 안된 일이었습니다. 허수아비는 생각했습니다.

'도로시를 처음 만난 날보다 상황이 더 안 좋군. 옥수수밭에서 매달려 있을 땐 까마귀들을 겁준다고 믿을 수나 있었지. 하지만 강 한가운데서 장대에 매달린 허수아비란 정말 아무짝에도 쓸모가 없잖아. 이러다 영영 뇌를 못 가지는 건 아닌지 몰라!'

뗏목은 불쌍한 허수아비를 그렇게 혼자 남겨 두고 강 아래로 떠내려갔습니다.

사자가 입을 열었습니다.

"무슨 수를 내야만 해요. 내가 헤엄을 쳐서 강가로 갈게요. 여러분들이 내 꼬리 끝을 꽉 잡고만 있으면 뗏목이 따라올 거예요."

사자가 강물 속으로 풍덩 뛰어들자 양철 나무꾼이 사자의 꼬리를 단단히 움켜잡았습니다. 사자는 있는 힘껏 강가를 향해 헤엄치기 시작했습니다. 덩치가 큰 사자에게도 여간 힘에 부치는 일이 아니었습니다. 하지만 뗏목이 조금씩 급한 물살을 비껴 나자 도로시도 양철 나무꾼의 장대로 뗏목을 밀어내며 도왔습니다.

마침내 강가에 다다랐을 땐 다들 녹초가 되어 초록빛 풀밭 위에 내려섰습니다. 물살에 얼마나 멀리 떠밀려 왔던지 에메랄드 시로 뻗은 노란 벽돌 길에서 한참이나 떨어진 곳이었습니다.

사자가 햇볕에 몸을 말리려고 풀밭에 드러누웠습니다.

"이제 어쩌면 좋죠?"

양철 나무꾼이 말했습니다.

"어떡하든 노란 길로 돌아가야 해요."

도로시가 대답했습니다.

"가장 좋은 방법은 길이 나올 때까지 강둑을 따라 걷는 거예요."

사자가 말했습니다.

잠시 쉬고 나자 도로시는 바구니를 들고 친구들과 함께 풀이 무성한 강둑을 거슬러 올라가기 시작했습니다. 수많은 꽃과 과일나무 그리고 따스한 햇살이 가득한 아름다운 풍경을 보니 도로시와 친구들은 다시 기운이 났습니다. 불쌍한 허수아비 일만 아니라면 더할 나위 없이 행복할 것만 같았습니다.

도로시가 예쁜 꽃 한 송이를 꺾으려 딱 한 번 걸음을 멈췄을 때를 빼고는 다들 있는 힘을 다해 빨리 걸었습니다. 잠시 후 양철 나무꾼이 소리를 질렀습니다.

"보세요!"

모두들 강 쪽으로 눈을 돌리자 강 한가운데서 더없이 외롭고 슬픈 표정으로 장대에 매달려 있는 허수아비가 보였습니다.

"어떻게 허수아비를 구해 내죠?"

도로시가 물었습니다.

사자와 양철 나무꾼이 모르겠다며 고개를 저었습니다. 모두 강둑에 주저앉아 허수아비를 애타게 쳐다보기만 할 뿐이었습니다. 그때 날아가던 황새가 그 모습을 보고는 강가에 내려와 앉았습니다.

"너희들은 누구니? 어디 가는 길이야?"

황새가 물었습니다.

"전 도로시고, 양철 나무꾼과 겁쟁이 사자는 제 친구들이에요. 에메랄드 시로 가는 중이에요."

"이 길이 아닌걸."

황새가 기다란 목을 구부리며 희한하다는 듯 도로시와 친구들을 쏘아보았습니다.

"저도 알아요. 허수아비를 구해 낼 방법을 생각해야 하거든요."

"허수아비가 어디 있는데?"

"강 저쪽에요."

"허수아비가 너무 크거나 무겁지 않으면 내가 데려다줄게."

그러자 도로시가 간절한 목소리로 말했습니다.

"하나도 안 무거워요. 몸이 온통 지푸라기거든요. 황새님이 허수아비를 데려다주신다면 말할 수 없이 고마울 거예요."

"그렇다면 한번 해보지. 하지만 내가 들기에 너무 무거우면 다시 강에 떨어뜨릴지도 몰라."

말을 마친 황새는 날개를 펴고 허수아비가 매달려 있는 장대까지 날아갔습니다. 이어 커다란 발톱으로 허수아비의 팔을 움켜잡고는 하늘을 날아 도로시와 사자, 양철 나무꾼과 토토가 기

다리고 있는 강둑으로 돌아왔습니다.

친구들을 다시 만난 허수아비는 얼마나 기쁜지 사자와 토토까지 모두 차례로 부둥켜안았습니다. 그리고 함께 길을 걸으며 걸음을 옮길 때마다 "룰루랄라!" 노래를 부르며 흥겨워했습니다.

"평생 강에 있어야 될 줄 알았는데, 친절한 황새님이 절 구해 줬네요. 언젠가 뇌를 갖게 되면 황새님을 찾아가 꼭 은혜를 갚을 거예요."

그러자 옆에서 날던 황새가 말했습니다.

"괜찮아. 곤경에 빠진 친구들을 돕는 건 내가 좋아하는 일인

걸. 하지만 이젠 그만 가봐야겠다. 새끼들이 둥지에서 기다리고 있거든. 에메랄드 시에 무사히 도착해서 오즈가 너희 소원을 들어주길 바랄게.”

“고마워요.”

도로시가 인사를 하자, 친절한 황새는 하늘 높이 솟아오르더니 이내 사라져 버렸습니다.

도로시와 친구들은 빛깔 고운 새들의 노랫소리를 들으며, 양탄자처럼 땅 위를 두툼하게 뒤덮은 아름다운 꽃들을 바라보며 길을 걸었습니다. 노랑, 하양, 파랑, 자줏빛이 어우러진 널따란 꽃밭 옆으로 주홍빛 양귀비 무리가 한가득 피어 있었습니다. 색이 어찌나 눈부신지 도로시는 똑바로 쳐다보지도 못할 정도였

습니다.

도로시가 양귀비의 알싸한 향기를 맡으며 물었습니다.

"아름답지 않아요?"

허수아비가 대답했습니다.

"그렇군요. 나한테 뇌가 있으면 더 좋아했을 텐데요."

그러자 양철 나무꾼이 말했습니다.

"나도 심장만 있으면 더 좋아했을 거예요."

사자가 말했습니다.

"나는 늘 꽃이 좋았어요. 연약하고 부서지기 쉬워 보이잖아요. 하지만 이렇게 화려한 꽃은 숲에서 처음 봐요."

좀 더 걸어가자 다른 꽃들은 차츰 적어지고 커다란 주홍빛 양

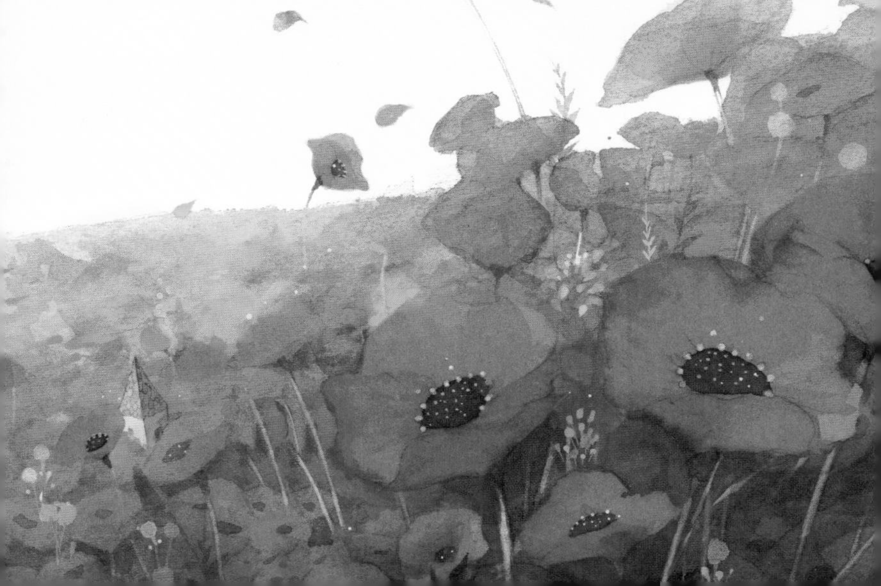

귀비꽃만 점점 많아졌습니다. 이내 도로시와 친구들은 거대한 양귀비 꽃밭 한가운데 서있게 되었습니다. 양귀비꽃 향기가 워낙 강해서 양귀비꽃이 가득 핀 곳에서 그 향기를 맡은 사람은 누구든 정신을 잃게 되고, 꽃밭에서 나가지 않는 한 그 사람은 영원히 깨어나지 못한다는 사실은 누구나 잘 아는 이야기입니다. 하지만 도로시는 그 사실을 몰랐을 뿐더러 온통 주변을 둘러싼 붉은 양귀비 꽃밭을 벗어날 수도 없었습니다. 곧 도로시의 눈꺼풀이 무거워지더니 앉아서 좀 자고 싶다는 생각이 물밀듯 밀려들었습니다.

하지만 양철 나무꾼이 그런 도로시를 일깨웠습니다.

"서둘러야 해요. 어두워지기 전에 노란 벽돌 길로 돌아가야 한다고요."

허수아비도 나무꾼의 말에 고개를 끄덕였습니다. 그렇게 계속 걸었지만, 도로시는 더 이상 서있을 수조차 없게 되었습니다. 눈이 저절로 감기고, 자기가 어디에 있는지도 모를 정도로 의식이 가물거리더니 도로시는 결국 꽃밭 속에 쓰러져 잠이 들어 버렸습니다.

"이제 어쩌죠?"

양철 나무꾼이 물었습니다.

"여기 두고 가면 도로시는 죽어요."

사자가 말을 이었습니다.

"꽃향기가 우리 모두를 죽이고 있어요. 나도 눈을 뜨고 있기 버거운 데다 토토는 이미 잠들었어요."

정말 그랬습니다. 토토도 어느새 도로시 옆에서 잠이 들어 있었습니다. 하지만 허수아비와 양철 나무꾼은 지푸라기와 양철로 만들어진 덕에 꽃향기에 아무런 영향을 받지 않았습니다.

허수아비가 사자에게 말했습니다.

"빨리 뛰어요. 그래서 이 무시무시한 꽃밭을 최대한 빨리 벗어나요. 도로시 아가씨는 몸집이 작아서 우리가 데려갈 수 있지만, 사자님은 덩치가 너무 커서 쓰러지기라도 하면 데려갈 수가 없다고요."

그러자 사자가 정신을 차리고는 있는 힘껏 앞으로 내달렸습니다. 사자의 모습이 금세 눈앞에서 사라졌습니다.

허수아비가 말했습니다.

"손가마를 만들어 아가씨를 데려가요."

허수아비와 양철 나무꾼은 토토를 들어 도로시의 무릎에 올려놓고 손을 맞잡아 가마를 만든 다음, 팔로 도로시를 받쳐 들고는 꽃밭 사이를 헤쳐 나갔습니다.

하지만 아무리 걸어도 사방을 둘러싼 무시무시한 꽃밭은 끝날 기미가 보이지 않았습니다. 강굽이를 따라 걷던 허수아비와 나무꾼은 결국 양귀비꽃 사이에 쓰러져 잠들어 있는 사자와 마주쳤습니다. 덩치가 커다란 사자조차도 끝내 독한 향기를 견뎌내지 못하고 양귀비 꽃밭이 끝나는 지점을 바로 코앞에 둔 채 쓰러져 버린 것이었습니다. 눈앞에는 싱그러운 풀들이 가득한 아름다운 초록 들판이 펼쳐져 있었습니다.

양철 나무꾼이 슬픈 목소리로 말했습니다.

"사자를 도울 방법이 없네요. 우리가 들기엔 너무 무거워요. 여기에서 영원히 잠들게 내버려 둘 수밖에요. 어쩌면 용기를 얻는 꿈을 꿀지도 모르죠."

허수아비가 말했습니다.

"안타까워요. 겁쟁이이긴 해도 정말 좋은 친구였는데. 이렇게

두고 떠나야 하다니."

허수아비와 나무꾼은 독한 꽃향기를 더 이상 맡을 수 없도록 양귀비 꽃밭에서 멀찍이 떨어진 강가까지 잠든 도로시를 데려갔습니다. 그리고 부드러운 풀 위에 도로시를 조심스레 누이고는 신선한 바람에 도로시가 깨어나기를 기다렸습니다.

09

여왕 들쥐

"노란 벽돌 길이 얼마 남지 않았어요. 물에 떠내려갔던 만큼 거의 올라왔거든요."

허수아비가 도로시 옆에 서서 말했습니다.

양철 나무꾼이 뭐라 대꾸하려는 찰나, 낮게 그르렁대는 소리가 들렸습니다. 나무꾼이 고개를 돌리자(목 관절이 부드럽게 움직였습니다.) 이상하게 생긴 동물이 풀밭을 달려오는 것이 보였습니다. 그것은 덩치가 큰 노란 살쾡이였는데, 양철 나무꾼이 보기에 무언가 쫓고 있는 게 분명했습니다. 귀는 머리에 찰싹 붙었고, 입은 쫙 벌어져 흉측한 이빨이 고스란히 드러났으며, 빨간 눈은 불처럼 이글이글거렸습니다. 살쾡이가 점점 가까워지자 그

앞에서 꽁무니를 빼고 있는 작은 잿빛 들쥐 한 마리가 보였습니다. 양철 나무꾼은 심장이 없었지만 저렇게 귀엽고 약한 동물을 살쾡이가 죽이려 한다는 건 나쁜 일이라고 생각했습니다.

그래서 도끼를 집어 들고는 살쾡이가 옆을 지나가는 순간, 휙 하고 한 번 휘둘렀습니다. 살쾡이 머리가 뎅강 잘리는가 싶더니 나무꾼 발치에서 머리와 몸통이 따로 뒹굴었습니다.

적의 위험에서 벗어난 들쥐가 발을 멈추고 천천히 나무꾼 쪽으로 다가오더니 찍찍거리며 말했습니다.

"아, 감사합니다! 목숨을 구해 주셔서 얼마나 고마운지 모르겠어요."

"고마워할 필요 없어요. 보다시피 난 심장이 없거든요. 그래서 곤경에 빠진 것들을 보면 어떡하든 도와주려고 해요. 그게 한낱 쥐새끼라 할지라도 말이죠."

"한낱 쥐새끼라니요!"

들쥐가 버럭 화를 내며 소리쳤습니다.

"난 여왕이라고요. 모든 들쥐들의 여왕이요!"

"아, 그렇군요."

양철 나무꾼이 절을 하며 말했습니다.

"그러니까 당신은 용감하게도 내 목숨을 구해 준 훌륭한 일을 한 거예요."

그때 들쥐 몇 마리가 자그만 발을 바삐 놀리며 달려오더니, 여

왕 들쥐를 보고는 크게 외쳤습니다.

"오, 폐하! 소인들은 폐하가 돌아가신 줄로만 알았습니다! 그 커다란 살쾡이를 어떻게 피하셨습니까?"

그러면서 다들 여왕 들쥐 앞에 머리를 납작 엎드리는데, 거의 물구나무를 선 꼴이었습니다.

여왕 들쥐가 입을 열었습니다.

"여기 이 우습게 생긴 양철 나무꾼이 살쾡이를 죽이고 짐의 목숨을 구해 주었구나. 그러니 너희는 앞으로 이분을 정중히 받들고 사소한 지시에도 복종해야 하느니라."

"잘 알겠습니다!"

들쥐들이 새된 소리로 입을 모아 외쳤습니다. 그러더니 갑자기 사방으로 후닥닥 달아났습니다. 잠에서 깨어난 토토가 제 주변에 늘어선 들쥐들을 보고는 신이 나서 짖으며 무리 속으로 뛰어들었기 때문입니다. 토토는 캔자스에 살 때도 쥐를 쫓아다니는 걸 좋아했고, 그게 나쁜 짓이라고 생각지도 않았습니다.

그러자 양철 나무꾼이 두 팔로 토토를 잡아 꼭 끌어안고는 들쥐들을 불렀습니다.

"돌아와요! 돌아와! 토토는 해치지 않아요."

이 말을 듣고, 여왕 들쥐가 풀숲에서 머리를 쏙 내밀며 겁먹은 소리로 물었습니다.

"정말 물지 않을까요?"

"내가 안고 있을게요. 그러니까 겁내지 말아요."

그러자 들쥐들이 하나둘씩 슬그머니 기어 나왔습니다. 토토는 나무꾼의 품에서 빠져나오려고 버둥댔지만 짖지는 않았습니다. 양철로 만들어진 걸 몰랐다면 토토는 나무꾼을 물었을지도 몰랐습니다. 마침내 가장 큰 들쥐가 입을 열었습니다.

"여왕님의 목숨을 구해 준 대가로 저희가 해드릴 일이 있을까요?"

"딱히 없는데요."

나무꾼이 대답했습니다. 하지만 늘 뭔가를 생각해 내려고 애

쓰지만 머리가 지푸라기로 채워진 탓에 좋은 생각이 나지 않았던 허수아비가 재빨리 말했습니다.

"네, 있어요. 양귀비 꽃밭에서 잠들어 있는, 우리 친구 겁쟁이 사자를 구해 주세요."

"사자라고요? 세상에, 우리를 몽땅 잡아먹고 말 거예요."

여왕 들쥐가 소리쳤습니다.

"아, 아니에요. 이 사자는 겁쟁이랍니다."

"정말이에요?"

여왕 들쥐가 물었습니다.

"자기 입으로 겁쟁이라고 하지요. 게다가 친구는 절대로 해치지 않아요. 우리를 도와준다면 사자가 여러분 모두를 따뜻하게 대할 거라고 약속할 수 있어요."

허수아비가 말했습니다.

"좋아요. 당신 말을 믿겠어요. 하지만 우리가 무얼 어떻게 하면 되죠?"

여왕 들쥐가 말했습니다.

"여왕님을 따르고 복종하는 들쥐들이 많나요?"

"아, 그럼요. 수천 마리나 되지요."

"그러면 어서 빨리 여기로 모두 불러 주세요. 각자 긴 끈 하나씩을 들고요."

여왕이 들쥐들을 돌아보며 당장 가서 모든 백성을 데려오라고 말했습니다. 여왕의 명령이 떨어지기가 무섭게 들쥐들이 사방으로 잽싸게 흩어졌습니다.

허수아비가 양철 나무꾼을 보며 말했습니다.

"이제 나무꾼님은 강가 숲으로 가서 사자를 실어 나를 수레를 만들어 주세요."

양철 나무꾼은 곧장 숲으로 가 일을 시작했습니다. 나무꾼은 순식간에 큰 나뭇가지들을 자른 다음, 이파리와 잔가지를 모두 쳐냈습니다. 그리고 나무못으로 큰 가지들을 단단히 연결하고, 두꺼운 나무줄기를 얇게 잘라 바퀴를 네 개 만들었습니다. 양철 나무꾼이 부지런히 솜씨를 부린 덕에 들쥐들이 도착할 때쯤 되자 수레가 완성되었습니다.

큰 쥐, 작은 쥐, 중간 쥐 할 것 없이 이곳저곳에서 모여든 들쥐의 수가 수천 마리가 넘었습니다. 다들 입에 끈 하나씩을 물고 있었습니다. 긴 잠에서 깨어날 시간이 되었는지 마침내 도로시가 눈을 떴습니다. 도로시는 수천 마리 들쥐들이 겁먹은 얼굴로 지켜보는 가운데 자신이 풀밭 위에 누워 있다는 사실을 깨닫고 소스라치게 놀랐습니다. 하지만 허수아비가 그간의 일을 다 말해 주고는 위엄 있는 여왕 들쥐를 돌아보며 말했습니다.

"여왕 폐하, 도로시를 소개합니다."

도로시가 정중히 고개를 숙이자, 여왕 들쥐도 답례의 인사를 했습니다. 여왕 들쥐와 도로시는 금세 친해졌습니다.

이제 허수아비와 양철 나무꾼은 끈으로 들쥐들의 몸을 수레에 단단히 묶기 시작했습니다. 들쥐의 목에 끈 한쪽 끝을 묶고, 다른 쪽 끝은 수레에 묶었습니다. 물론 수레는 허수아비와 양철 나무꾼이 위에 앉아도 될 정도로 수레를 끌 어떤 쥐보다 천 배는 더 컸지만, 쥐들이 한데 힘을 모으자 아주 쉽게 끌려갔습니다. 이 이상한 작은 말들이 끄는 수레는 그렇게 해서 사자가 잠들어 있는 곳까지 순식간에 도착했습니다.

열심히 수레를 끌고 온 들쥐들은 사자가 워낙 무거워 오랜 씨름 끝에 간신히 사자를 수레에 태웠습니다. 그러자 양귀비 꽃밭에 너무 오래 있다 들쥐들마저 잠들어 버릴까 걱정이 된 여왕 들쥐가 서둘러 출발 명령을 내렸습니다.

하지만 들쥐들이 그렇게 많은데도 무거운 사자를 실은 수레는 꼼짝도 하지 않았습니다. 나무꾼과 허수아비가 뒤에서 밀자 그때서야 한결 나아졌습니다. 그러자 다들 양귀비 꽃밭의 독한 향기 대신 상쾌하고 시원한 공기를 맡을 수 있는 푸른 들판으로 사자가 탄 수레를 힘껏 굴렸습니다.

도로시가 마중을 나와서는 친구를 구해 줘서 고맙다며 따뜻한 인사를 전했습니다. 그동안 사자와 정이 듬뿍 들었던지라 도로시는 사자가 살아 돌아온 것이 무척 기뻤습니다.

들쥐들은 수레에 묶인 줄을 풀고는 풀밭을 헤치며 각자의 집으로 재빨리 사라졌습니다. 이제 여왕 들쥐만 남았습니다.

"도움이 필요하면 언제든 들판에 와서 부르세요. 그러면 그 소리를 듣고 도와주러 나올게요. 그럼 잘 가요!"

"안녕!"

도로시와 친구들이 작별 인사를 하자, 여왕 들쥐가 멀리 사라졌습니다. 그동안 도로시는 토토가 쫓아가 여왕 들쥐를 겁주지 못하도록 꼭 껴안고 있었습니다.

이제 도로시와 친구들은 사자 곁에 앉아 사자가 깨어날 때까지 기다렸습니다. 허수아비가 근처 나무에서 과일을 따다 주자, 도로시는 과일로 저녁을 대신했습니다.

10

문지기

겁쟁이 사자는 양귀비 꽃밭에 한참을 누워 독한 향기를 맡았던 탓에 깨어나는 데 시간이 좀 걸렸습니다. 이윽고 눈을 뜬 사자가 수레에서 몸을 굴려 내려오더니 자신이 살아 있다는 사실을 깨닫고는 좋아 어쩔 줄을 몰라했습니다.

"안간힘을 다해 달렸는데도 꽃향기가 어찌나 강하던지. 그런데 내가 대체 어떻게 빠져나온 거예요?"

사자가 바닥에 앉아 늘어지게 하품을 하며 물었습니다.

친구들은 들쥐를 만난 이야기와 함께 들쥐들이 사자를 어떻게 구해 냈는지를 말해 주었습니다. 그러자 겁쟁이 사자가 웃으면서 말했습니다.

"난 항상 내가 엄청나게 크고 무시무시하다고 생각해 왔어요. 그런데 겨우 꽃 따위 때문에 죽을 뻔하고, 쥐처럼 작은 동물 덕에 죽을 위기를 넘기다니. 정말 신기하군요! 그나저나 이제부턴 어떡하죠?"

"노란 벽돌 길이 다시 나올 때까지 계속 걸어야 해요. 그러면 에메랄드 시로 계속 갈 수 있어요."

도로시가 대답했습니다.

사자가 완전히 기운을 차리자 도로시와 친구들은 다시 여행길에 나섰습니다. 그들은 부드럽고 싱그러운 풀밭을 신나게 걸었습니다.

그리고 얼마 지나지 않아 노란 벽돌 길이 나타났습니다. 도로시와 친구들은 위대한 마법사 오즈가 사는 에메랄드 시를 향해 더욱 힘차게 나아갔습니다.

길은 매끄럽게 잘 포장되어 있었고, 시골 풍경은 더없이 아름다웠습니다. 도로시와 친구들은 숲을 빠져나왔다는 사실과 음침한 숲에서 만난 수많은 위험에서 해방되었다는 생각에 무척 기뻤습니다. 이곳 역시 울타리가 길 양옆에 세워져 있었는데, 이번엔 색깔이 초록색이었습니다. 농부가 사는 듯한 작은 집도 마찬가지로 초록색이었습니다. 오후 내내 걷는 동안 이런 집들을 지나쳤는데 이따금 사람들이 문간에 나와 무슨 질문이라도 하고 싶은 표정으로 도로시와 친구들을 쳐다보았습니다. 하지만 가까이 다가오거나 말을 거는 사람은 없었습니다. 덩치 큰 사자를 보고 다들 겁을 잔뜩 집어먹었기 때문입니다. 사람들은 하나같이 아름다운 에메랄드빛 초록색 옷을 차려입고, 먼치킨들처럼 끝이 뾰족한 모자를 썼습니다.

도로시가 말했습니다.

"여긴 오즈의 나라가 틀림없어요. 에메랄드 시가 가까워진 게 분명해요."

허수아비가 대꾸했습니다.

"맞아요. 먼치킨 사람들은 파란색을 좋아했는데, 여기는 모든 게 초록색이에요, 하지만 먼치킨 사람들만큼 친절해 보이진 않는군요. 오늘 밤 묵을 곳을 찾을 수 있을지 걱정이네요."

"과일 말고 다른 걸 먹고 싶어요. 토토는 배가 고파 죽을 지경일 거예요. 다음 집에 들러서 한번 얘기 해봐요."

이윽고 큰 농가 하나가 나타나자, 도로시가 용감하게 다가가 문을 두드렸습니다. 어떤 여자가 문을 빼끔 열고는 말했습니다.

"얘야, 무슨 일이니? 왜 저렇게 큰 사자랑 다니는 거야?"

"괜찮다면 댁에서 하룻밤 신세를 지고 싶은데요. 그리고 사자는 제 친구이자 길동무인데, 절대 사람을 해치지 않아요."

"길들여졌단 말이니?"

부인이 문을 조금 더 열며 물었습니다.

"네, 그래요. 게다가 아주 겁쟁이랍니다. 사자가 아주머니를 더 무서워할걸요."

"그래?"

부인은 곰곰이 생각하더니 사자를 한 번 더 힐끗 보고 나서 이렇게 말했습니다.

"그렇다면 들어오렴. 저녁 식사와 잠자리를 마련해 주마."

도로시와 친구들이 집으로 들어가니, 안에는 문을 열어 준 여자 외에 아이 둘과 남자 어른이 한 명 있었습니다. 남자는 다리를 다쳐서 구석에 놓인 소파에 누워 있었습니다. 다들 이상한 손님들을 보고는 적잖이 놀란 기색이었습니다. 여자가 분주히 식사를 준비하는 동안 남자가 물었습니다.

"다들 어디 가는 길이니?"
"위대한 마법사 오즈를 만나러 에메랄드 시에 가고 있어요."
도로시가 대답했습니다.
"뭐, 정말이냐! 오즈가 너희를 만나 줄 거라고 믿니?"
남자가 소리쳤습니다.
"안 만나 줄 이유라도 있나요?"
도로시가 물었습니다.
"오즈는 누구도 만나지 않는다는 소문이 있어. 에메랄드 시라면 나도 몇 번 가봐서 아는데, 정말 아름답고 멋진 곳이란다. 하지만 마법사 오즈는 한 번도 만나지 못했고, 만났다는 사람도 보지 못했어."
"밖으로 절대 나오지 않나요?"
허수아비가 물었습니다.
"절대로. 성안에 있는 넓은 접견실에서 꼼짝도 안 한대. 시중드는 사람들조차 직접 본 적이 없다던걸."
"어떻게 생겼는데요?"
도로시가 물었습니다.
"그건 말하기 좀 애매한데."
남자가 말을 이었습니다.
"너희들도 알다시피, 오즈는 위대한 마법사라서 언제든 원하는 대로 모습을 바꿀 수 있거든. 그래서 누구는 새처럼 생겼다

그러고, 누구는 코끼리 같다고 하고, 또 누구는 고양이처럼 생겼다고도 하지. 아름다운 요정으로 나타나거나 마음에 드는 다른 모습으로 나타나기도 한다지. 하지만 어떤 게 진짜 오즈고, 언제 원래 모습으로 있는지는 아무도 몰라."

"정말 이상하군요. 그래도 우리는 어떻게든 오즈를 만나야 해요. 안 그러면 우리 여행은 헛수고가 된다고요."

도로시가 대꾸했습니다.

"대체 그 무시무시한 오즈를 왜 만나려는 거냐?"

"뇌를 얻으려고요."

허수아비가 간절한 목소리로 대답했습니다.

"아, 그런 거라면 오즈가 금방 해결해 줄 거야. 오즈는 필요 이상으로 뇌를 많이 가지고 있거든."

"전 심장을 얻고 싶어요."

양철 나무꾼이 말했습니다.

"그것도 어렵지 않을 거야. 오즈는 크기와 모양이 제각각인 심장을 잔뜩 모아 놓았거든."

"전 용기를 얻고 싶어요."

겁쟁이 사자도 말했습니다.

"오즈는 접견실 안에 용기가 가득 든 단지를 가지고 있는데, 용기가 빠져나가지 않게 금 접시로 입구를 덮어 놓았지. 그러니 기꺼이 나눠 주고말고."

"저는 캔자스로 돌아가게 해달라고 할 거예요."

끝으로 도로시가 말했습니다.

"캔자스가 어딘데?"

남자가 놀라며 물었습니다.

도로시가 슬픈 목소리로 말했습니다.

"몰라요. 하지만 거기가 제 집이에요. 틀림없이 어딘가에 있다고요."

"그렇겠지. 오즈는 무슨 일이든 할 수 있으니까, 캔자스도 분명히 찾아 줄 거야. 하지만 그러려면 우선 오즈를 만나야 할 텐데, 그게 문제란 말이야. 좀처럼 사람을 만나 주지 않거든. 그런데 너는 원하는 게 뭐니?"

남자가 토토에게 말을 걸었습니다. 하지만 토토는 말을 못하기에 그저 꼬리만 살랑거렸습니다.

저녁 준비가 다 됐다며 여자가 부르자, 다들 식탁으로 갔습니다. 도로시는 맛있는 죽과 으깬 달걀 요리와 먹음직한 흰 빵 한 접시를 맛있게 비웠습니다. 사자는 귀리죽을 조금 먹었지만 좋아하지는 않았습니다. 귀리는 사자가 아니라 말이 먹는 음식이라고 생각했기 때문입니다. 허수아비와 양철 나무꾼은 아무것도 먹지 않았습니다. 토토는 음식을 골고루 조금씩 맛보며, 이렇게 맛있는 음식을 다시 먹게 된 것을 무척 기뻐했습니다.

여자가 도로시에게 잠자리를 마련해 주자 토토가 도로시 옆에 누웠고, 사자는 도로시가 곤히 잘 수 있도록 방문 앞을 지켰습니다. 원래 잠을 자지 않는 허수아비와 양철 나무꾼은 밤새도록 한쪽 구석에 조용히 서있었습니다.

이튿날 아침, 해가 뜨자마자 도로시와 친구들은 길을 떠났습니다. 곧 하늘 저편이 아름다운 초록으로 빛나는 게 보였습니다.

"에메랄드 시가 틀림없어."

도로시가 말했습니다.

계속 길을 가자 초록빛은 점점 환해졌고, 마침내 이 여행도 막바지에 이른 듯 싶었습니다. 하지만 도로시와 친구들은 오후가 되어서야 도시를 에워싼 거대한 벽에 다다랐습니다. 밝은 초록색에 높고 두툼한 벽이었습니다.

앞을 보니, 노란 벽돌 길 끝으로 커다란 성문이 있는데 문에 가득 박힌 에메랄드 조각들이 햇빛을 받아 어찌나 반짝이던지 그려진 허수아비 눈조차 부실 정도였습니다.

도로시가 문 옆에 달린 초인종을 누르자 안에서 딸랑딸랑 은방울 소리가 나더니 성문이 천천히 열렸습니다. 도로시와 친구들이 안으로 들어서니 천장이 높고 둥근 방이 나왔습니다. 벽은 온통 번쩍이는 에메

랄드 천지였습니다.

앞에는 먼치킨 사람들만큼이나 작은 남자가 서있었습니다. 남자는 머리에서 발끝까지 초록색 옷을 입었는데, 피부마저 초록빛이 돌았습니다. 남자 옆으로 커다란 초록색 상자 하나가 놓여 있었습니다.

도로시와 친구들을 보자 남자가 물었습니다.

"에메랄드 시에는 어쩐 일인가?"

"위대한 마법사 오즈를 만나러 왔어요."

도로시가 대답했습니다. 그러자 남자가 깜짝 놀라며 바닥에 주저앉더니 생각에 잠겼습니다.

"오즈를 보러 왔다는 소리를 들은 게 얼마 만인지 모르겠구먼."

남자가 당황해서 고개를 저으며 말을 이었습니다.

"오즈님은 강하고 무시무시한 분이야. 어리석고 쓸데없는 일로 위대한 마법사의 지혜로움을 욕되게 하면 화가 나서 너희들을 단번에 없애 버릴지도 몰라."

그러자 허수아비가 말했습니다.

"하지만 전혀 어리석거나 쓸데없는 일이 아니에요. 아주 중요한 문제라고요. 게다가 오즈는 착한 마법사라던데요?"

"맞아. 그리고 에메랄드 시를 현명하게 잘 다스리시지. 하지만 정직하지 않거나 호기심으로 찾아오는 사람들한테는 아주 무섭게 대하셔. 그래서 감히 만나겠다고 청하는 사람이 없는 거라고. 나는 문지기이고, 너희들이 위대한 오즈님을 만나고 싶어 하니 오즈님이 계신 궁전으로 데려가 주겠어. 하지만 먼저 안경부터 써야 해."

"왜요?"

도로시가 물었습니다.

"안경을 쓰지 않으면 에메랄드 시의 밝은 빛에 눈이 멀어 버리니까. 이곳에 사는 사람들도 밤낮으로 안경을 써. 안경은 모두 자물쇠가 채워진 상자 안에 담겨 있어. 오즈님이 이 도시를 처음 지었을 때 그렇게 명령하셨기 때문이야. 그리고 그것을 열 수 있는 열쇠는 문지기인 나만 가지고 있지."

문지기가 커다란 상자를 열었습니다. 도로시가 안을 들여다보니 크기와 모양이 다양한 안경이 가득 들어 있었습니다. 그런데 색깔만은 하나같이 초록색이었습니다. 문지기가 도로시에게 딱 맞을 만한 안경을 찾아 눈에 씌워 주었습니다. 그리고 안경에 달린 금색 띠 두 개로 머리 뒤를 감싸고, 목에 건 쇠목걸이 끝에 달린 작은 열쇠로 띠를 잠갔습니다. 일단 안경을 쓰고 나니 벗으려고 해도 벗겨지지가 않았습니다. 하지만 에메랄드 시의 빛에 눈이 머는 건 바라지 않았기에 도로시는 그냥 잠자코 있었습니다.

이어서 문지기는 허수아비와 양철 나무꾼, 사자, 토토에게까지도 맞는 안경을 씌워 주고는 열쇠로 단단히 잠갔습니다.

그리고 문지기 자신도 안경을 쓴 다음, 도로시와 친구들에게 이제 궁전을 보여 줄 준비가 다 됐다고 말했습니다. 문지기는 벽에 박힌 못에서 커다란 황금열쇠를 빼내어 다른 문을 열었습니다. 도로시와 친구들은 문지기를 따라 현관을 지나 에메랄드 시의 거리로 나갔습니다.

11

놀라운 에메랄드 시

도로시와 친구들은 초록색 안경으로 눈을 보호했는데도 처음에는 화려한 도시가 뿜어내는 빛에 눈이 부셨습니다. 거리에 늘어선 아름다운 초록색 대리석 집들은 온통 번쩍이는 에메랄드 투성이였습니다. 도로시와 친구들은 초록색 대리석이 깔린 길을 걸었습니다. 길이 마주치는 곳마다 촘촘히 박혀 있는 에메랄드가 환한 햇살 아래서 반짝였습니다. 유리창도 초록색이었고, 하늘도 초록빛이 났으며, 햇살도 초록색이었습니다.

거리를 걷는 수많은 사람의 옷차림도 남자, 여자, 아이 할 것 없이 모두 초록색이었으며 피부도 초록빛이 감돌았습니다. 사람들은 신기하다는 듯 도로시와 이상한 친구들을 쳐다보았고

OZ CITY
TOUR

OZWORLD
ROAD
FOR INFO

사자를 본 아이들은 엄마들 뒤로 몸을 숨겼습니다. 하지만 말을 거는 사람은 아무도 없었습니다.

거리에는 상점이 많았는데, 도로시가 안을 보니 물건들이 모두 초록색이었습니다. 초록 신발, 초록 모자, 초록 옷에다 초록 사탕과 초록 팝콘까지 팔고 있었습니다. 그중 한 상점에서 어떤 남자가 초록 레모네이드를 팔고 있었는데, 도로시는 아이들이 레모네이드를 사고 나서 초록 동전을 내는 것을 보았습니다. 말이나 다른 동물들은 없는 것 같았습니다. 사람들은 작은 초록색 수레에 물건을 싣고 앞으로 밀고 갔습니다. 다들 행복하고 만족스럽고 풍요로워 보였습니다.

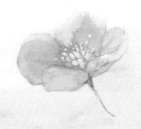

OZ cITY Park

문지기는 거리를 지나 도시 한가운데 있는 커다란 건물로 도로시와 친구들을 안내했습니다. 그곳이 바로 위대한 마법사 오즈가 사는 궁전이었습니다. 문 입구에는 초록색 제복 차림에, 초록색 턱수염을 길게 기른 병사가 서있었습니다.

문지기가 병사에게 말했습니다.

"손님들입니다. 오즈님을 만나고 싶다는군요."

"안으로 들어오시죠. 제가 오즈님께 말씀을 전하겠습니다."

도로시와 친구들은 궁전 문을 지나 초록색 양탄자가 깔리고, 에메랄드가 박힌 멋진 초록색 가구들이 있는 커다란 방으로 안내받았습니다. 병사는 방에 들어서기 전에 먼저 초록색 발판에 발을 닦으라고 했습니다. 모두들 자리에 앉자 병사가 정중히 말했습니다.

"제가 접견실에 가서 여러분이 찾아왔다고 오즈님께 말씀드릴 테니, 그동안 편히 쉬십시오."

한참을 기다린 후에야 병사가 돌아왔습니다. 도로시가 물었습니다.

"오즈님은 만났나요?"

"아, 아뇨. 직접 뵙지는 못했습니다. 하지만 가리개 뒤에 앉아 계실 때 말씀은 드렸습니다. 오즈님께서는 여러분이 그렇게 원한다면 만나 보시겠다는군요. 다만 각각 따로 들어오시랍니다. 그리고 하루에 한 명만 보겠다고 하십니다. 궁전에 며칠 머무르

WELCOME

셔야 할 테니, 여행의 피로를 풀 수 있도록 방으로 안내해 드리겠습니다."

"고맙습니다. 오즈님은 무척 친절한 분이시군요."

도로시가 인사를 했습니다.

병사가 초록색 호루라기를 불자, 예쁜 초록 비단 드레스를 입은 소녀가 방으로 들어왔습니다. 탐스런 초록색 머리칼과 초록색 눈을 지닌 소녀가 허리 굽혀 절을 하며 말했습니다.

"저를 따라오세요. 아가씨 방으로 안내하겠습니다."

도로시는 친구들에게 인사를 하고는 토토를 품에 안고 초록 소녀를 따라 복도를 일곱 개 지나고 계단을 세 번 오른 뒤 궁전 앞쪽 방에 도착했습니다. 그렇게 예쁜 방은 세상에 다시 없을 것 같았습니다. 보드랍고 폭신폭신한 침대엔 초록색 비단 요가 깔려 있고 초록색 벨벳 이불이 덮여 있었습니다. 방 가운데 자리한 자그마한 분수에서는 초록색 향수가 위로 솟구쳤다가 아름답게 조각된 초록 대리석 받침에 떨어져 내렸습니다. 창가엔 아름다운 초록색 꽃 화분이 놓여 있고, 책꽂이에는 초록색 책들이 나란히 꽂혀 있었습니다. 책을 펼쳐 본 도로시는 이상한 초록색 그림들이 하도 우스워 웃음을 터뜨렸습니다.

옷장엔 비단과 새틴과 벨벳으로 만든 초록색 옷들이 가득했는데, 하나같이 도로시의 몸에 꼭 맞았습니다.

소녀가 말했습니다.

"편히 쉬세요. 필요한 게 있으면 종을 울리시고요. 오즈님이 내일 아침에 아가씨를 부르러 사람을 보낼 거예요."

소녀는 도로시를 혼자 두고 다른 친구들에게로 돌아갔습니다. 그리고 도로시의 친구들도 각자의 방으로 안내해 주었습니다. 다들 궁전의 아주 편안한 방에서 쉴 수 있게 되었습니다. 하긴 이런 친절도 허수아비에겐 소용없는 일이긴 했습니다. 허수아비는 자기 방에 혼자 남게 되자 문 바로 앞에 멍청하게 선 채로 아침이 올 때까지 기다렸습니다. 누워서 쉴 수도 없고, 눈을 감지도 못하는 탓에 세상에서 가장 훌륭한 방에 있어 봤자 방구석에서 작은 거미가 집 만드는 모습을 밤새 쳐다보기만 할 뿐이었습니다. 양철 나무꾼은 자신이 사람이었을 때를 기억하고는 습관적으로 침대에 누웠습니다. 하지만 잠을 잘 수가 없었기에 밤새도록 관절을 올렸다 내렸다 하며 잘 움직여지는지 확인했습니다. 사자는 숲의 마른 낙엽 더미 위에서 자는 게 더 낫겠다고 생각했습니다. 방에 갇혀 있는 건 싫었지만 그걸로 꽁해 있을 만큼 어리석지는 않았습니다. 그래서 침대로 뛰어올라가 고양이처럼 몸을 말고는 이내 그르렁거리며 잠이 들었습니다.

다음 날 아침, 식사를 마치자 초록 소녀가 도로시를 데리러 와서는 도로시에게 제일 예쁜 원피스를 입혀 주었습니다. 올록볼록한 무늬를 넣어 짠 초록색 새틴 원피스였습니다. 도로시는 초록색 비단 앞치마를 두르고 토토의 목에 초록 리본을 매준 다음, 위대한 마법사 오즈가 있는 접견실로 향했습니다.

먼저 넓은 복도에 들어섰는데, 궁전 안의 신사 숙녀들이 화려한 옷을 차려입고 삼삼오오 모여 있었습니다. 이들은 하는 일 없이 수다만 떨 뿐이었지만, 이렇게 매일 아침 접견실 밖에서 기다렸습니다. 하지만 오즈를 절대 만날 수는 없었습니다. 도로시가 들어서자 사람들이 호기심 어린 눈길로 도로시를 쳐다보았습니다. 그중 한 명이 속삭이며 물었습니다.

"정말로 저 무시무시한 오즈님을 뵐 작정이니?"

"그럼요. 그분이 만나 주기만 하신다면."

그러자 전날 오즈에게 소식을 전했던 병사가 말했습니다.

"네, 만나 주실 겁니다. 만나자는 부탁을 싫어하시긴 하지만요. 솔직히 처음엔 화를 내시면서 돌려보내라고 그러셨답니다. 그런데 아가씨가 어떻게 생겼냐고 물으시기에 은 구두 얘기를 했더니, 무척 관심을 보이셨지요. 끝으로 아가씨 이마에 입맞춤 자국이 있더라고 말씀드리자, 결국 만나 보겠다고 하셨답니다."

그때 종이 울렸고 초록 소녀가 도로시에게 말했습니다.

"들어오라는 신호입니다. 접견실에는 아가씨 혼자 들어가셔야 해요."

소녀가 열어 준 작은 문으로 도로시는 용감하게 들어섰습니다. 그러자 도로시의 눈앞에 아름다운 공간이 펼쳐졌습니다. 둥글게 솟은 높은 천장과 벽, 천장과 바닥마다 커다란 에메랄드들이 촘촘히 박혀 있는 넓고 둥근 방이었습니다. 천장 가운데에는 거대한 등이 달려 있었습니다. 등에서 뿜어져 나오는 태양처럼 밝은 빛에 에메랄드가 환상적으로 반짝거렸습니다.

하지만 도로시의 관심을 가장 끈 것은 방 가운데 놓인 거대한 초록색 대리석 왕좌였습니다. 의자처럼 생겨서 다른 것들과 마찬가지로 번쩍이는 보석으로 치장되어 있었습니다. 의자 한가운데에는 거대한 머리가 몸통이나 팔다리도 없이 덩그러니 놓여 있었습니다. 머리카락은 없지만 눈, 코, 입은 있었고 세상에서 제일 큰 거인의 머리보다도 훨씬 컸습니다.

도로시가 놀라고 두려운 마음으로 머리를 뚫어지게 쳐다보자 머리의 눈알이 천천히 돌아가더니 도로시를 똑바로 쏘아보았습니다. 이윽고 입이 움직이면서 목소리가 새어 나왔습니다.

"나는 위대하고 무시무시한 오즈다. 너는 누구며, 무슨 일로 날 찾아왔느냐?"

커다란 머리에서 나올 것 같은 무서운 목소리는 아니었습니다. 그래서 도로시는 용기를 내어 대답했습니다.

"저는 작고 착한 도로시입니다. 오즈님의 도움을 얻으려고 왔습니다."

머리가 생각에 잠긴 눈길로 도로시를 찬찬히 보았습니다. 다시 목소리가 들렸습니다.

"그 은 구두는 어디서 얻었느냐?"

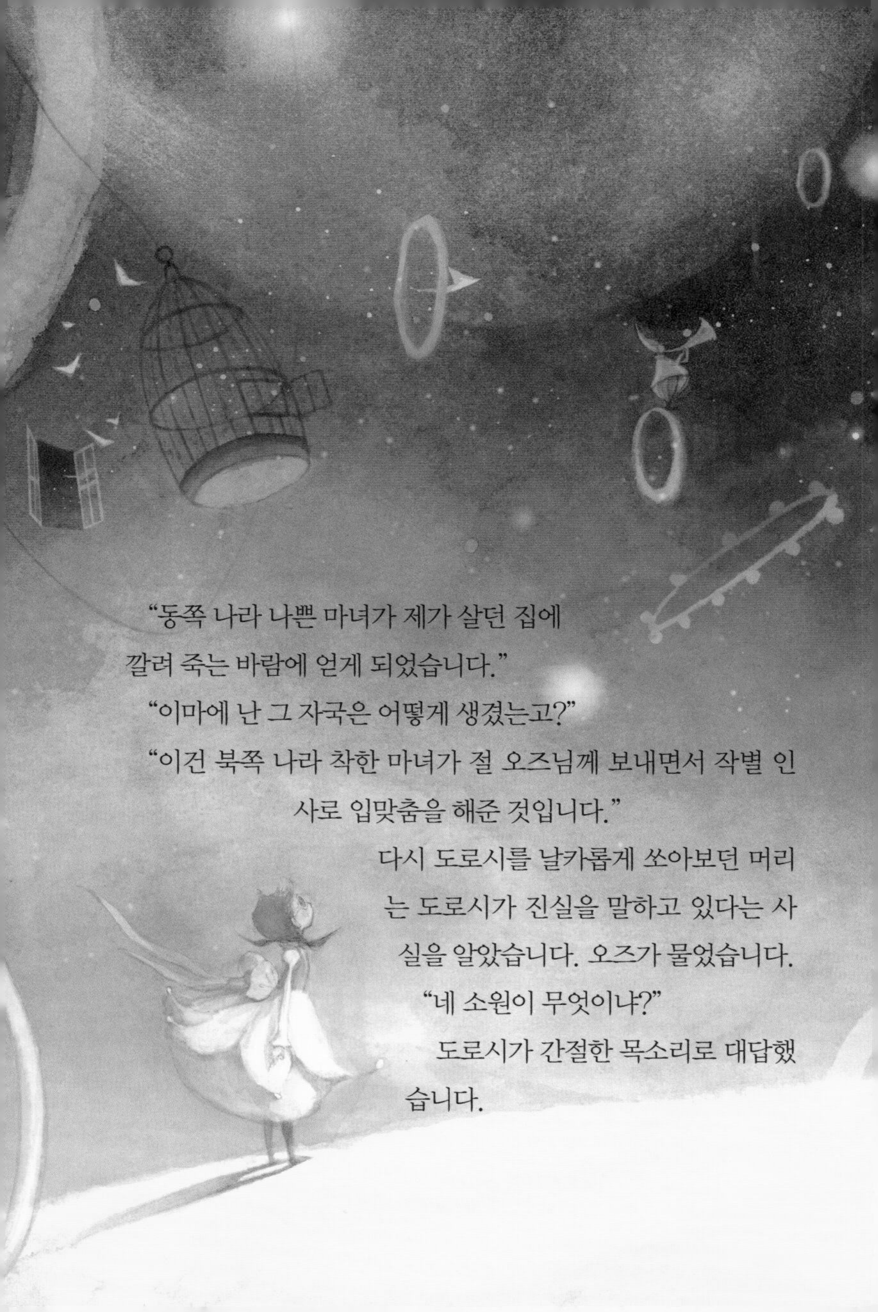

"동쪽 나라 나쁜 마녀가 제가 살던 집에 깔려 죽는 바람에 얻게 되었습니다."

"이마에 난 그 자국은 어떻게 생겼는고?"

"이건 북쪽 나라 착한 마녀가 절 오즈님께 보내면서 작별 인사로 입맞춤을 해준 것입니다."

다시 도로시를 날카롭게 쏘아보던 머리는 도로시가 진실을 말하고 있다는 사실을 알았습니다. 오즈가 물었습니다.

"네 소원이 무엇이냐?"

도로시가 간절한 목소리로 대답했습니다.

"엠 아줌마와 헨리 아저씨가 계시는 캔자스로 절 돌려보내 주세요. 오즈님의 나라가 무척 아름답긴 하지만 저는 싫어요. 제가 너무 오래 집을 비워서 엠 아줌마 걱정이 이만저만이 아닐 거예요."

머리가 눈을 세 번 깜박거리고는 천장을 쳐다보다 바닥을 쳐다보더니 방 구석구석을 훑어보기라도 하듯 희한하게 눈알을 굴렸습니다. 그러다 마침내 도로시를 다시 보며 물었습니다.

"내가 왜 널 도와줘야 하지?"

"마법사님은 강하시고 전 약하니까요. 오즈님은 위대한 마법사지만, 전 힘없는 어린 여자아이에 불과하니까요."

"하지만 넌 동쪽 나라 나쁜 마녀를 죽이지 않았느냐?"

"그건 우연이었어요. 제가 어쩐 게 아니라고요."

도로시가 솔직히 말했습니다.

"그렇다면 내가 답을 해주겠다. 너도 날 위해 뭔가를 하지 않는 한, 내가 널 캔자스로 돌려보내 줄 거란 기대는 버리는 게 좋을 것이다. 이 나라에서는 누구나 무엇을 얻든 그 대가를 치러야 한다. 내가 마법을 써서 널 다시 집으로 돌려보내 주길 바란다면 우선 너부터 날 위해 무언가를 해줘야 하느니라. 나를 도우면 널 도울 것이다."

"제가 뭘 해야 하죠?"

"서쪽 나라 나쁜 마녀를 죽여라."

"전 못해요!"

도로시가 소스라치게 놀라며 외쳤습니다.

"넌 동쪽 나라 마녀를 죽인 데다 엄청난 마력이 있는 은 구두를 가졌다. 이제 이 나라에 남은 나쁜 마녀는 단 하나뿐이다. 그 마녀를 없애고 오면 널 캔자스로 돌려보내 주마. 하지만 그전에는 어림도 없느니라."

도로시는 너무 실망한 나머지 눈물을 흘리기 시작했습니다. 머리가 눈을 다시 깜박이더니 도로시를 초조하게 바라보았습니다. 마치 도로시가 마음만 먹으면 자신을 도와줄 수 있다는 듯한 눈길이었습니다.

도로시가 훌쩍이며 말했습니다.

"전 지금껏 일부러 누군갈 죽인 적이 없어요. 그리고 제가 그런 마음을 먹는다고 해도 어떻게 나쁜 마녀를 죽일 수 있겠어요? 위대하고 무시무시한 오즈님도 죽이지 못하는 마녀를 제가 어떻게 죽일 수 있다고 생각하시는 거예요?"

"나도 모른다. 하지만 그게 내 답이야. 나쁜 마녀를 죽이지 못하면 넌 아저씨와 아줌마를 다시는 보지 못할 것이다. 마녀가 얼마나 악독한지 잊지 말고 반드시 죽여야 한다. 이제 가거라. 일을 마치기 전까지는 다시는 나를 보러 오지 마라."

슬픔에 잠긴 채 도로시는 접견실을 나와 사자와 허수아비와 양철 나무꾼이 있는 곳으로 돌아왔습니다. 다들 오즈가 뭐라고

했는지 들으려고 기다리고 있었습니다.

도로시가 슬픈 목소리로 말했습니다.

"전 글렀어요. 서쪽 나라 나쁜 마녀를 죽이지 않으면 집으로 안 보내 줄 거래요. 하지만 제가 무슨 수로 그래요."

친구들은 안타까웠지만 도로시를 도울 방법이 없었습니다. 도로시는 자기 방으로 돌아가 침대 위에 누워 울다가 잠이 들었습니다.

다음 날 아침, 초록색 구레나룻을 기른 병사가 허수아비를 찾아와 말했습니다.

"오즈님이 보자고 하십니다. 절 따라오십시오."

허수아비는 병사를 따라 넓은 접견실로 들어섰습니다. 에메랄드 왕좌에는 세상에서 제일 아름다운 여인이 앉아 있었습니다. 얇은 초록색 비단 드레스 차림에, 보석 박힌 왕관 아래로 초록색 머리칼이 흘러내렸습니다. 어깨에 돋아 있는 화려한 색의 날개는 너무 가벼워 아주 약한 바람에도 팔락거렸습니다.

허수아비가 지푸라기 몸이 허락하는 한에서 정중히 고개 숙여 인사를 하자, 아름다운 여인이 다정한 눈길로 허수아비를 보며 말했습니다.

"나는 위대하고 무시무시한 오즈다. 너는 누구며, 무슨 일로 날 찾아왔느냐?"

도로시가 말한 거대한 머리를 만날 거라 예상했던 허수아비

는 깜짝 놀랐습니다. 하지만 용기를 내어 대답했습니다.

"전 짚으로 만든 허수아비입니다. 그래서 뇌가 없답니다. 제가 뵙자고 한 이유는 오즈님께서 제 머릿속에 지푸라기 대신 뇌를 넣어 주셨으면 해서입니다. 저도 이 나라 사람들처럼 뇌가 있었으면 좋겠습니다."

"내가 왜 그래야 하지?"

"현명하고 강력한 힘을 가지신 오즈님만이 절 도와주실 수 있으니까요."

그러자 오즈가 말했습니다.

"난 지금껏 대가 없이 친절을 베푼 적이 없다. 하지만 이것만은 약속하겠다. 날 위해 서쪽 나라 나쁜 마녀를 죽여 주면 네게 훌륭한 뇌를 많이 주겠노라. 그러면 넌 오즈의 나라에서 제일 현명한 사람이 될 것이다."

허수아비가 놀라며 말했습니다.

"저는 도로시 아가씨한테 나쁜 마녀를 죽이라고 말씀하신 걸로 아는데요."

"그랬지. 누가 죽이든 난 상관없다. 하지만 나쁜 마녀가 죽지 않으면 네 소원은 들어주지 않을 것이다. 이제 그만 물러가거라. 그리고 네가 그토록 원하는 뇌를 얻을 자격이 될 때까지 다시는 찾아오지 마라."

허수아비는 슬픔에 젖은 채 친구들 곁으로 돌아와 오즈의 말을 전했습니다. 도로시는 위대한 오즈가 거대한 머리가 아니라 아름다운 여인이라는 말을 듣고는 깜짝 놀랐습니다.

"오즈님한테도 양철 나무꾼처럼 심장이 필요한 것 같아요."

허수아비가 말했습니다.

다음 날 아침, 초록색 구레나룻을 기른 병사가 양철 나무꾼을 찾아와 말했습니다.

"오즈님이 부르십니다. 절 따라오시지요."

양철 나무꾼은 병사를 따라 넓은 접견실로 갔습니다. 오즈가 아름다운 여인일지 머리일지 알 순 없었지만, 그래도 아름다운 여인이었으면 싶었습니다. 양철 나무꾼이 혼자 중얼거렸습니다.

"만약 머리라면 심장을 못 받을 게 분명해. 머리는 심장이 없으니까 내 마음을 모르지 않겠어. 하지만 아름다운 여인이라면 심장을 달라고 매달려 볼 거야. 여인들은 마음이 따뜻하다고들 하니까 말이야."

하지만 양철 나무꾼이 접견실에서 만난 오즈는 머리도, 여인도 아닌 흉측한 야수의 모습이었습니다. 덩치가 코끼리만 한 것이, 초록색 왕좌가 무게를 감당하기 어려워 보였습니다. 코뿔소같이 생긴 얼굴엔 눈이 다섯 개나 있었습니다. 몸에서 팔 다섯 개가 길게 뻗어 나왔고, 길고 가는 다리도 다섯 개였습니다. 덥수룩한 털이 온몸을 감싼 것이, 이보다 더 끔찍한 괴물은 상상조차 안 될 지경이었습니다. 이 순간만큼은 양철 나무꾼에게 심장이 없다는 사실이 다행이었습니다. 심장이 있었다면 겁에 질려 마구 쿵쾅거렸을지도 몰랐습니다. 하지만 나무꾼은 양철로 만들어진 덕에 오즈의 모습에 잔뜩 실망하긴 했어도 두렵지는 않았습니다.

야수가 으르렁대는 목소리로 크게 말했습니다.

"나는 위대하고 무시무시한 오즈다. 너는 누구며, 무슨 일로 날 찾아왔느냐?"

"저는 양철로 만들어진 나무꾼입니다. 저는 심장이 없어 사랑을 하지 못합니다. 다른 사람들처럼 제게도 심장을 주셨으면 합니다."

"내가 왜 그래야 하지?"

"제가 이렇게 부탁드리니까요. 오즈님만이 제 소원을 들어주실 수 있으니까요."

대답을 들은 오즈가 낮게 으르렁대더니 무뚝뚝하게 대꾸했습니다.

"네가 정말로 심장을 원한다면 가져야겠지."

"어떻게요?"

양철 나무꾼이 물었습니다.

"도로시를 도와서 서쪽 나라 마녀를 죽여라. 나쁜 마녀를 죽이고 돌아오면, 그때 너에게 오즈의 나라에서 제일 크고, 제일 친절하고, 제일 따뜻한 심장을 선사할 것이니라."

양철 나무꾼은 슬픔에 젖은 채 친구들에게 돌아와 흉측한 야수 이야기를 들려주었습니다. 모두들 오즈가 그렇게 다양한 모습으로 변할 수 있다는 사실에 크게 놀랐습니다. 사자가 말했습니다.

"내가 들어갔을 때도 야수의 모습이라면 목이 터져라 으르렁대야지. 그러면 겁이 나서 내 부탁을 다 들어줄 거야. 만약 아름다운 여인이 앉아 있으면 와락 달려드는 척해서 내 소원을 들어주게 만들어야지. 그리고 거대한 머리라면 제발 살려 달라고 애원하게 만들 거야. 우리 소원을 들어준다고 약속할 때까지 방바닥에 머리를 굴리고 다닐 거거든. 그러니까 기운 내요, 친구들. 벌써 그렇게 기죽을 것 없다고요."

다음 날 아침, 초록색 구레나룻을 기른 병사가 사자를 찾아와 오즈가 있는 접견실로 안내했습니다.

단숨에 방으로 들어간 사자는 주위를 둘러보다가, 의자 위에서 이글이글 타오르고 있는 불덩이를 발견하고는 깜짝 놀랐습니다. 빛이 얼마나 강한지 똑바로 쳐다보기가 힘들 정도였습니다. 사자는 사고로 불이 나서 오즈가 타고 있는 줄 알고 가까이 다가가려 하다가 뜨거운 열에 수염만 그을린 채 부르르 떨며 문간으로 슬금슬금 물러났습니다.

다음 순간, 불덩이에서 평온하고 낮은 목소리가 흘러나왔습니다.

"나는 위대하고 무서운 오즈다. 너는 누구며, 왜 나를 찾아왔느냐?"

"저는 모든 걸 무서워하는 겁쟁이 사자입니다. 사람들이 말하는, '동물의 왕'이 실제로 될 수 있도록 오즈님께 용기를 얻으려고 찾아왔습니다."

"내가 왜 너한테 용기를 줘야 하지?"

"오즈님은 마법사 중에서 가장 위대하시고, 제 소원을 들어줄 유일한 힘을 가지고 있으니까요."

불덩이가 한동안 격렬하게 타오르더니 다시 목소리가 들렸습니다.

"나쁜 마녀가 죽었다는 증거를 가지고 오너라. 그러면 당장 너에게 용기를 주겠다. 나쁜 마녀가 살아 있는 한 넌 영원히 겁쟁이로 살아야 할 것이다."

사자는 이 말에 화가 났지만 아무런 대꾸도 할 수 없었습니다. 잠자코 불덩이만 빤히 노려보다가 불꽃이 점점 더 뜨거워지자 몸을 돌려 후다닥 방을 뛰쳐나왔습니다. 자신을 기다리는 친구들을 만난 사자는 몹시 기뻐하며 마법사와의 끔찍했던 만남에 대해 이야기했습니다.

도로시가 슬픈 목소리로 말했습니다.

"이제 우린 어쩌면 좋죠?"

사자가 대꾸했습니다.

“방법은 딱 한 가지뿐이에요. 윙키들이 사는 나라로 가서 나쁜 마녀를 찾아내 죽이는 거예요.”

“하지만 죽이지 못하면요?”

“그러면 난 절대 용기를 가질 수 없겠죠.”

사자가 말했습니다.

“난 영원히 뇌를 못 가질 거고요.”

허수아비가 대꾸했습니다.

“난 심장을 못 가지겠죠.”

양철 나무꾼이 말했습니다.

“그리고 난 엠 아줌마와 헨리 아저씨를 영영 보지 못하게 될 거예요."

도로시가 울기 시작했습니다.

그러자 초록 소녀가 소리쳤습니다.

"조심해요! 초록 비단 원피스에 눈물이 떨어지면 얼룩이 진다고요."

도로시가 눈물을 닦으며 말했습니다.

"일단 해보긴 해야겠죠. 하지만 엠 아줌마를 다시 만나기 위해서라고 해도 난 정말이지 누굴 죽이긴 싫어요."

"나도 함께 가겠어요. 하지만 난 겁이 너무 많아 마녀를 못 죽일 거예요."

사자가 말했습니다.

"나도 가겠어요. 하지만 난 바보라서 그리 큰 도움은 못 될 거예요."

허수아비가 말하자 양철 나무꾼도 말했습니다.

"나는 나쁜 마녀라고 해도 죽일 마음이 없어요. 하지만 친구들이 간다면 당연히 함께 가겠어요."

그렇게 해서 도로시와 친구들은 다음 날 아침, 길을 떠나기로 결정했습니다. 양철 나무꾼은 초록색 숫돌에 도끼를 갈고 관절마다 빠짐없이 기름을 둘렀습니다. 허수아비는 신선한 짚을 몸속에 채워 넣었고, 도로시는 허수아비가 앞을 더 잘 볼 수 있도록 눈을 새로 그려 주었습니다. 친절한 초록 소녀가 도로시의 바구니에 맛있는 음식을 잔뜩 챙겨 넣어 주었고, 초록 리본을 단 토토의 목에 작은 종을 달아 주었습니다.

다들 일찍 잠자리에 들었고 날이 밝을 때까지 세상모르게 곤히 잠을 잤습니다. 그리고 궁전 뒤뜰에 사는 초록색 수탉의 울음소리와 초록색 알을 낳았다며 꼬꼬댁거리는 암탉 소리에 잠이 깼습니다.

12

나쁜 마녀를 찾아서

초록색 구레나룻을 기른 병사의 안내를 받으며 도로시와 친구들은 에메랄드 시 거리를 지나 문지기가 사는 방으로 왔습니다. 문지기가 모두의 안경을 벗겨 커다란 상자에 도로 넣고는 정중히 성문을 열었습니다.

"서쪽 나라 나쁜 마녀를 만나려면 어느 길로 가야 하죠?"

도로시가 물었습니다.

"길이 없어요. 아무도 가려는 사람이 없거든요."

"그러면 마녀를 어떻게 찾아내죠?"

도로시가 다시 물었습니다.

"어렵지 않을 겁니다. 윙키 나라에 도착하는 순간, 마녀가 그 사실을 알아채고 여러분을 노예로 만들어 버릴 테니까요."

"그렇게는 못 할걸요. 우리가 마녀를 없앨 테니까요."

"아, 그렇다면 얘기가 달라지죠. 지금껏 아무도 마녀를 물리치지 못했습니다. 그래서 당연히 당신들도 노예가 될 거라고 생각했거든요. 그래도 조심하세요. 워낙 사악하고 악독한 마녀라 호락호락 당하지는 않을 테니까요. 해가 지는 서쪽 방향으로 계속 가세요. 그러면 틀림없이 마녀를 만날 겁니다."

도로시와 친구들은 문지기에게 고맙다고 작별 인사를 하고는 서쪽으로 방향을 잡고, 데이지와 미나리아재비가 여기저기 피어 있는 들판을 걸었습니다. 궁전에서 입었던 예쁜 비단 원피스를 그대로 입고 있던 도로시는 옷이 초록색이 아니라 하얀색이라는 사실을 알고는 깜짝 놀랐습니다. 토토가 목에 맨 리본도 초록색이 아니라 도로시의 원피스처럼 하얀색이었습니다.

에메랄드 시는 이내 저만치 멀어졌습니다. 길은 갈수록 험해지고 가파르게 변했습니다. 서쪽 나라에는 농장도, 집도 보이지 않았고 땅은 버려진 채로 있었습니다.

그늘이 될 나무 한 그루 없는 탓에 오후가 되자 뜨거운 햇살이 얼굴 위로 그대로 쏟아졌습니다. 날이 어두워지기도 전에 지쳐 버린 도로시와 토토, 사자는 결국 풀밭에 누워 잠이 들었고, 양철 나무꾼과 허수아비가 그 곁을 지켰습니다.

한편 서쪽 나라 나쁜 마녀는 애꾸눈이긴 해도, 망원경이 저리가라 할 정도로 눈이 좋아 못 보는 곳이 없었습니다. 마녀는 성문에 앉아 주위를 둘러보다가 잠든 도로시와 친구들을 발견했습니다. 먼 거리이긴 했지만 허락도 없이 자기 나라에 들어왔다는 사실에 나쁜 마녀는 화가 치밀었습니다. 그래서 목에 걸고 있던 은 피리를 한 번 불었습니다.

그러자 사방에서 덩치 큰 늑대들이 떼 지어 몰려들었습니다. 긴 다리에, 눈은 번득였고, 이빨은 날카로웠습니다.

마녀가 명령했습니다.

"가서 저놈들을 갈가리 찢어 버려라."

"노예로 삼지 않고요?"

우두머리 늑대가 물었습니다.

"그래. 한 놈은 양철이고, 한 놈은 지푸라기다. 거기다 하나는 여자아이고, 하나는 사자야. 부려 먹을 만한 놈이 없어. 그러니까 갈기갈기 찢어도 좋다."

"잘 알겠습니다."

우두머리 늑대는 말을 마치기가 무섭게 전속력으로 달려갔습니다. 다른 늑대들이 그 뒤를 따랐습니다.

천만다행으로 허수아비와 양철 나무꾼이 깨어 있다가 늑대가 오는 소리를 들었습니다.

양철 나무꾼이 말했습니다.

"이건 내가 나서야 해요. 그러니 다들 내 뒤에 있어요. 저놈들

은 내가 상대할 테니."

나무꾼은 시퍼렇게 날이 선 도끼를 들고는 우두머리 늑대가 다가오자 팔을 힘껏 휘둘렀습니다. 그러자 머리가 뎅강 잘려 나가면서 늑대는 그 자리에서 죽고 말았습니다. 달려드는 다른 늑대를 향해 나무꾼이 도끼를 쳐들자 날카로운 도끼날에 두 번째 늑대도 힘없이 나가떨어졌습니다. 마흔 마리였던 늑대들이 마흔 번의 도끼질에 모두 죽었습니다. 양철 나무꾼 앞에 마침내 늑대들의 시체가 한 무더기로 쌓였습니다.

그러자 양철 나무꾼이 도끼를 내려놓고 허수아비 옆에 앉았습니다.

허수아비가 말했습니다.

"정말 멋진 솜씨였어, 친구."

다음 날 아침, 허수아비와 양철 나무꾼은 도로시가 깨어나기를 기다렸습니다. 눈을 뜬 도로시는 털북숭이 늑대들이 수북이 쌓여 있는 것을 보고 까무러칠 듯 놀랐습니다. 하지만 양철 나무꾼이 사정을 설명하자 친구들의 목숨을 구해 줘서 고맙다고 말하고는 앉아서 아침을 먹었습니다. 그리고 다시 길을 떠났습니다.

이날 아침, 성문 앞에 나와 있던 나쁜 마녀는 멀리 볼 수 있는 한쪽 눈으로 주변을 둘러보았습니다. 그런데 늑대들이 몽땅 죽어 있고, 이방인들은 여전히 자기 나라를 돌아다니고 있는 것이었습니다. 마녀는 화가 더 많이 나서는 은 피리를 두 번 불었습니다.

이내 야생 까마귀 떼가 하늘을 까맣게 뒤덮으며 날아왔습니다. 나쁜 마녀가 우두머리 까마귀에게 명령했습니다.

"당장 저놈들한테 날아가 눈을 쪼고 갈기갈기 찢어 버려라."

야생 까마귀 떼는 도로시와 친구들이 있는 쪽으로 날아갔습니다. 도로시는 까마귀가 오는 모습을 보자 겁이 났습니다. 그때 허수아비가 말했습니다.

"이번엔 내가 나설 차례예요. 내 뒤에 엎드려 있어요. 그러면 아무 일 없을 거예요."

그래서 허수아비를 뺀 다른 친구들은 모두 땅 위에 엎드렸습니다. 몸을 곧추세운 허수아비가 두 팔을 옆으로 쫙 펼쳤습니다. 까마귀들이 그 모습을 보고는 겁에 질렸습니다. 원래 이런 새들은 허수아비를 무서워하는 법이라 더 이상 가까이 다가설 엄두를 못 냈습니다. 우두머리 까마귀가 말했습니다.

"짚으로 만든 사람일 뿐이야. 내가 저놈의 눈을 파버리겠다."

우두머리 까마귀가 허수아비에게 날아오자 허수아비는 까마귀 머리를 낚아채서는 목을 비틀어 죽여 버렸습니다. 이어서 날아든 다른 까마귀도 마찬가지로 목을 비틀어 버렸습니다. 이렇게 까마귀 마흔 마리의 목을 마흔 번 비틀고 나니, 허수아비 옆에는 죽은 까마귀 시체가 가득했습니다. 허수아비는 친구들에게 그만 일어나라고 말하고는 모두 함께 다시 길을 떠났습니다.

나쁜 마녀는 주위를 둘러보다 까마귀들이 한 무더기로 죽어 있는 모습을 발견했습니다. 마녀는 화가 머리끝까지 나서는 은 피리를 세 번 불었습니다.

그러자 하늘에서 윙윙거리는 소리가 크게 나더니 검정 벌 떼들이 날아왔습니다.

"가서 저놈들을 침으로 쏘아 죽여라."

마녀의 명령을 들은 벌들은 방향을 틀어 도로시와 친구들이 있는 길로 쏜살같이 날아갔습니다. 하지만 양철 나무꾼이 몰려오는 벌들을 발견했고, 허수아비가 방법을 생각해 냈습니다.

"내 몸에서 짚을 빼서 도로시 아가씨와 토토, 사자를 덮어요. 그러면 쏘이지 않을 거예요."

허수아비가 양철 나무꾼에게 말했습니다.

곧 양철 나무꾼이 허수아비의 몸에서 짚을 끄집어냈습니다. 도로시가 토토를 안고 사자 옆에 바싹 붙어 앉자, 양철 나무꾼은 셋의 모습이 보이지 않을 때까지 짚을 덮었습니다.

벌들은 침을 쏠 상대가 양철 나무꾼뿐이라는 사실을 알고는 나무꾼을 향해 덤벼들었습니다. 하지만 양철에 쏜 침만 모조리 부러졌을 뿐 나무꾼은 한군데도 다치지 않았습니다. 벌은 원래 침이 부러지면 못 살기 때문에 검정 벌들은 모두 죽어 작은 석탄 더미처럼 나무꾼 주위에 수북이 쌓였습니다.

드디어 도로시와 사자가 자리를 털고 일어났습니다. 도로시는 양철 나무꾼을 도와 허수아비 몸에 짚을 다시 채워 넣어 전처럼 모양을 만들었습니다. 그리고 또다시 길을 떠났습니다.

검정 벌들이 죽어 작은 석탄 더미처럼 쌓인 것을 본 나쁜 마녀는 미치도록 화가 나서 발을 쾅쾅 구르고 머리카락을 쥐어뜯고 이를 "으드득" 갈았습니다. 그러고는 윙키 나라 노예 열두 명을 부른 뒤, 뾰족한 창을 나눠 주며 침입자들을 해치우라고 명령했습니다.

윙키 노예들은 용감하지는 않았지만 마녀가 시키는 대로 할 수밖에 없었습니다. 그래서 도로시가 있는 곳까지 우르르 몰려갔습니다. 그런데 사자가 크게 으르렁거리며 달려들자 불쌍한 윙키 노예들은 잔뜩 겁을 집어먹고는 죽을힘을 다해 도망쳐 버렸습니다.

나쁜 마녀는 성으로 되돌아온 윙키 노예들을 채찍으로 때려 일터로 돌려보낸 뒤, 자리에 앉아 어떻게 할지 생각에 잠겼습니다. 침입자들을 없애 버리려는 계획이 모두 실패한 이유를 도무지 이해할 수가 없었습니다. 하지만 마녀는 사악한 데다 그 힘 또한 막강했으므로 이내 다음 계획을 세웠습니다.

마녀의 찬장 안에는 가장자리에 다이아몬드와 루비가 죽 박혀 있는 황금 모자가 있었습니다. 바로 마법의 모자였습니다. 모자 주인이 되는 사람은 누구나 날개 달린 원숭이들을 세 번 불러낼 수 있었고, 원숭이들은 주인의 말에 무조건 복종했습니다. 하지만 세 번 이상은 할 수 없었습니다.

나쁜 마녀는 마법의 모자를 이미 두 번 써버린 상태였습니다. 한 번은 서쪽 나라를 지배하려고 윙키들을 노예로 만들었을 때였습니다. 날개 달린 원숭이들이 그 일을 도와주었습니다. 두 번째는 위대한 마법사 오즈와 싸워 그를 서쪽 나라 밖으로 쫓아냈을 때였습니다. 이때도 날개 달린 원숭이들의 도움을 받았습니다. 이제 마녀가 황금 모자를 사용할 기회는 딱 한 번 남은 셈이었습니다. 마녀는 자신의 힘이 다하기 전까지는 이 기회를 쓰지 않고 아껴 둘 작정이었습니다. 하지만 사나운 늑대들과 야생 까마귀들과 벌들이 모조리 죽고, 노예들도 겁쟁이 사자가 무서워 달아난 마당에 도로시와 친구들을 죽일 방법은 한 가지뿐이었습니다.

그래서 나쁜 마녀는 찬장에서 황금 모자를 꺼내 머리에 썼습니다. 그리고 왼발로 서서 천천히 주문을 외웠습니다.

"에-페, 페-페, 카-케!"

다음엔 오른발로 서서 말했습니다.

"힐-로, 홀-로, 헬-로!"

그런 다음 두 다리로 서서 큰 소리로 외쳤습니다.

"지-지, 주-지, 직!"

드디어 마법이 시작되었습니다. 하늘이 캄캄해지더니 낮게 우르릉거리는 소리가 들렸습니다. 왁자하게 떠들고 웃는 소리와 함께 수많은 날개가 몰려들었습니다. 태양이 어두운 하늘을 비집고 나오자 어깨에 크고 튼튼한 날개를 단 원숭이 떼가 나쁜 마녀를 둘러싸고 있었습니다.

다른 원숭이들보다 덩치가 큰 원숭이가 우두머리인 듯 보였습니다. 우두머리 원숭이가 물었습니다.

"세 번째이자 마지막으로 저희를 부르셨군요. 무슨 명령이십니까?"

"내 나라에 들어온 저 침입자들을 없애 버려라. 단, 사자는 살려서 데려오너라. 말처럼 묶어서 부려 먹어야겠다."

"명령대로 하겠습니다."

우두머리 원숭이가 말했습니다. 그러자 날개 달린 원숭이들이 왁자지껄 요란하게 도로시와 친구들이 있는 곳으로 날아갔습니다.

원숭이 몇 마리가 양철 나무꾼을 붙잡더니 뾰족한 바위들이 뒤덮인 곳으로 날아갔습니다. 그러고는 불쌍한 나무꾼을 떨어뜨렸습니다. 까마득한 높이에서 바위로 떨어진 나무꾼은 심하게 부딪치고 우그러져서 움직이기는커녕 신음 소리도 낼 수 없었습니다.

다른 원숭이들은 허수아비를 붙잡고 기다란 손가락으로 허수아비의 옷과 머리에서 짚을 몽땅 끄집어냈습니다. 허수아비의

모자와 장화 그리고 옷은 작게 돌돌돌 뭉쳐서 키 큰 나무 꼭대기로 던져 버렸습니다.

나머지 원숭이들은 사자 둘레로 튼튼한 밧줄을 던져 몸통과 머리와 다리를 여러 번 칭칭 감아 사자가 물거나 할퀴거나 버둥대지 못하게 했습니다. 그런 다음 사자를 들어 올려 마녀가 사는 성으로 데려갔습니다. 높다란 철망이 둘러쳐진 작은 뜰에 갇힌 사자는 달아날 수가 없었습니다.

하지만 도로시는 아무 데도 다치지 않았습니다. 도로시는 토토를 안고 서서 친구들이 비참하게 당하는 모습을 지켜보며 곧 자기 차례가 오리라 생각했습니다. 우두머리 원숭이가 도로시에게 날아와 털북숭이 긴 팔을 뻗으며 흉측하게 씩 웃었습니다. 하지만 도로시의 이마에서 착한 마녀의 입맞춤 자국을 보고는 멈칫하더니 부하들에게 도로시를 건드리지 말라는 몸짓을 했습니다.

우두머리 원숭이가 말했습니다.

“우리가 감히 해칠 수 없는 아이다. 착한 힘이 이 아이를 보호하고 있다. 그것은 악한 힘보다 더 강하다. 나쁜 마녀의 성으로 데려가는 수밖에 없어.”

그래서 원숭이들은 두 팔로 도로시를 조심조심 감싸 안고는 성까지 쏜살같이 날아가 성문 앞 계단에 내려놓았습니다. 우두머리 원숭이가 마녀에게 말했습니다.

"저희는 힘닿는 데까지 주인님의 명령을 따랐습니다. 양철 나무꾼과 허수아비는 없앴고, 사자는 밧줄로 묶어 뜰에 가둬 놓았습니다. 하지만 이 아이와 품에 안고 있는 강아지는 저희가 감히 건드릴 수 없습니다. 저희를 부릴 수 있는 주인님의 힘은 이제 모두 끝났습니다. 그러니 다시는 저희를 보지 못할 것입니다."

날개 달린 원숭이들은 시끄럽게 웃고 떠들며 하늘로 날아오르더니 이내 사라져 버렸습니다.

나쁜 마녀는 도로시의 이마에 난 자국을 보고는 한편으로는 놀라고 한편으로는 걱정이 되었습니다. 날개 달린 원숭이뿐 아니라 자신도 이 아이를 해칠 수 없다는 사실을 잘 알고 있었기 때문이었습니다. 이어 도로시의 발을 내려다본 마녀가 두려움에 벌벌 떨기 시작했습니다. 마녀는 은 구두가 얼마나 강한 마법을 지니고 있는지 알고 있었습니다. 그래서 처음엔 도로시를 피해 달아나려고 했습니다. 하지만 도로시의 눈을 본 순간, 눈에 비친 영혼이 어찌나 맑은지 은 구두의 놀라운 힘을 모르고 있다는 사실을 알아챘습니다. 나쁜 마녀는 속으로 웃으며 생각했습니다.

'이 아이는 마법을 어떻게 쓰는지 모르는군. 노예로 삼을 수

있겠어.'

마녀가 서슬 퍼런 목소리로 도로시에게 말했습니다.

"날 따라오너라. 내가 시키는 건 뭐든 해야 해. 만약 거역하면 양철 나무꾼과 허수아비처럼 네 목숨도 끝장이다."

도로시는 마녀를 따라 성안에 있는 아름다운 방을 여러 개 지난 후, 부엌에 이르렀습니다. 마녀는 도로시에게 냄비와 주전자를 깨끗이 닦고, 마루를 쓸고, 불이 꺼지지 않게 장작을 계속 넣으라고 시켰습니다.

도로시는 열심히 일하겠다는 마음가짐으로 순순히 마녀의 말을 따랐습니다. 나쁜 마녀가 자신을 죽이지 않아서 얼마나 다행인지 몰랐습니다.

마녀는 도로시가 열심히 일을 하는 동안, 안뜰로 가서 겁쟁이 사자의 몸에 말처럼 줄을 매야겠다고 생각했습니다. 나들이할 때 마차를 끌게 하면 재미있겠다 싶었습니다. 하지만 철창문을 열자마자 사자가 으르렁대며 마녀를 향해 사납게 덤벼드는 통에 겁이 난 마녀는 얼른 몸을 돌려 문을 닫고 말았습니다.

마녀가 쇠창살 사이로 사자에게 말했습니다.

"줄을 매지 않는다면 널 굶기겠다. 내가 하자는 대로 할 때까지 물 한 방울도 못 먹을 줄 알아라."

그 뒤로 마녀는 갇혀 있는 사자에게 음식을 주지 않았습니다. 그리고 매일 정오가 되면 문 앞으로 와 물었습니다.

"말처럼 줄을 맬 준비가 되었느냐?"

그러면 사자는 이렇게 대답하곤 했습니다.

"천만에. 이 안으로 들어오기만 하면 물어뜯어 버릴 테다."

사자가 마녀에게 무릎 꿇지 않을 수 있었던 것은 매일 밤 도로시가 마녀가 잠든 사이 찬장에서 음식을 꺼내 사자에게 가져다준 덕분이었습니다. 사자가 식사를 마치고 짚단에 누우면 도로시는 사자의 부드럽고 푹신한 갈기를 베고 누워 힘든 생활을 이야기하고, 도망칠 방법을 궁리했습니다. 하지만 노란 윙키들이 계속 성을 지키고 있어 빠져나갈 길이 없었습니다. 나쁜 마녀의 노예가 된 윙키들은 마녀가 너무 무서워 시키는 대로 할 수밖에 없었습니다.

낮 동안 도로시는 뼈 빠지게 일을 해야 했고, 마녀는 걸핏하면 늘 끼고 다니는 낡은 우산으로 도로시를 때리겠다며 으름장을 놓곤 했습니다. 하지만 실제로는 이마에 난 자국 때문에 도로시를 때릴 엄두도 내지 못했습니다. 이런 사실을 까맣게 모르는 도로시는 자신과 토토가 맞을까 봐 잔뜩 마음을 졸였습니다. 언젠가 마녀가 토토를 우산으로 때렸을 때 용감한 토토가 달려들어 마녀의 다리를 물어 버린 적이 있었습니다. 하지만 마녀는 피를 한 방울도 흘리지 않았는데, 그것은 마녀가 너무 사악해서 오래전에 피가 말라 버렸기 때문이었습니다.

엠 아줌마가 있는 캔자스로 돌아가는 게 더 힘들어졌다는 사실을 알게 된 도로시는 하루하루가 너무 슬펐습니다. 몇 시간 동안 서럽게 운 적도 있었습니다. 그럴 때면 토토는 도로시의 발치에 앉아 그런 주인이 안쓰럽다는 듯 올려다보며 구슬프게 낑낑거렸습니다. 토토는 도로시만 옆에 있으면 캔자스로 돌아가든, 오즈의 나라에서 살든 상관이 없었습니다. 하지만 도로시가 불행해하니 토토도 전혀 행복하지가 않았습니다.

나쁜 마녀는 도로시가 항상 신고 다니는 은 구두가 무척 탐이 났습니다. 벌 떼와 까마귀들과 늑대들은 무더기로 쌓여 말라 가고 있고 황금 모자의 힘도 다 써버린 후였지만, 은 구두만 손에 넣는다면 잃어버린 것보다 더 엄청난 힘을 얻게 될 터였습니다. 마녀는 도로시가 신발을 벗으면 훔쳐 낼 속셈으로 도로시를 주의 깊게 지켜보았습니다. 하지만 예쁜 은 구두를 애지중지하는 도로시는 밤이나 목욕할 때를 빼고는 신발을 절대 벗지 않았습니다. 마녀는 어둠을 너무 무서워해서 밤에 구두를 뺏으러 도로시의 방에 들어갈 엄두가 나지 않았습니다. 게다가 물은 어둠보다 더 무서워하는 탓에 도로시가 목욕을 할 때는 아예 근처에도 가지 않았습니다. 실제로 늙은 마녀는 물에 손을 댄 적이 한 번도 없고, 어떻게 해서든 몸에 물이 못 닿게 했습니다.

하지만 교활하기 그지없는 마녀는 마침내 자신이 원하는 것을 얻을 교묘한 속임수를 생각해 냈습니다. 마녀는 부엌 마루 가운데 쇠막대를 걸어 놓은 다음, 마술을 부려 막대가 사람 눈에는 보이지 않게 만들었습니다. 그래서 도로시는 부엌을 걷다가 막대를 보지 못해 철퍼덕 넘어지고 말았습니다. 별로 다치지는 않았지만 엎어지는 바람에 구두 한 짝이 벗겨졌고, 도로시가 줍기 전에 마녀가 먼저 구두를 낚아채서는 자신의 깡마른 발에 재빨리 신어 버렸습니다.

마녀는 속임수가 성공한 것이 무척 기뻤습니다. 구두 한 짝을 가지고 있으니 그 마법의 반은 가진 셈이었고, 도로시가 마법을 부릴 줄 안다 해도 마녀를 해칠 수 없을 터였습니다.

예쁜 구두 한 짝을 뺏긴 도로시는 마녀에게 화를 냈습니다.

"내 구두 돌려주세요!"

"그건 안 되지. 이젠 네 구두가 아니라 내 구두거든."

마녀가 쏘아붙였습니다.

"나쁜 마녀 같으니! 무슨 권리로 내 구두를 뺏는 거예요!"

도로시가 소리쳤습니다.

"이제 내 구두니까 나도 못 내놔. 조만간 나머지 한 짝도 뺏어오고 말 테다."

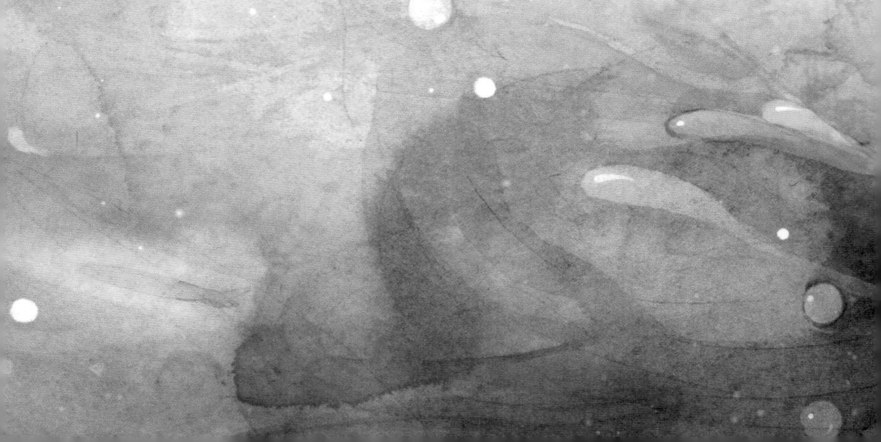

마녀가 도로시를 비웃으며 말했습니다.

이 말에 도로시는 화가 머리끝까지 나서는 옆에 있던 양동이를 들어 마녀에게 물을 끼얹었습니다. 그 바람에 마녀는 머리부터 발끝까지 흠뻑 젖고 말았습니다.

순간 마녀가 겁에 질린 소리로 크게 울부짖었고, 도로시는 눈이 휘둥그레져서 마녀를 바라보았습니다. 마녀의 몸이 오그라들면서 스르르 녹아내리기 시작했습니다.

마녀가 비명을 질렀습니다.

"도대체 무슨 짓을 한 거야! 좀 있으면 난 녹아 없어진다고."

"어머, 정말 미안해요."

실제로 마녀가 자기 눈앞에서 설탕처럼 녹아내리는 모습을 보자 도로시는 온몸에 소름이 끼쳤습니다.

"내 몸에 물이 닿으면 끝장이라는 걸 몰랐단 말이야?"

마녀가 절망스럽게 울부짖었습니다.

"물론이에요. 제가 무슨 수로 알겠어요?"

"이제 잠시 후면 나는 완전히 녹아 없어지고, 이 성은 네 것이 된다. 내 평생 나쁜 짓을 일삼으며 살아왔지만, 너 같은 어린 계집애한테 당할 줄은 꿈에도 몰랐구나. 봐라, 이제 나는 간다!"

이 말을 끝으로 마녀는 형체도 없이 갈색으로 녹아내렸고, 깨끗한 부엌 마루 위로 퍼져 버렸습니다. 마녀가 남김없이 녹아버린 걸 본 도로시는 물 한 양동이를 더 가져와 그 자리에 부었습니다. 그런 다음 문밖으로 깨끗이 쓸어 버렸습니다. 그리고 마녀가 유일하게 남긴 은 구두를 깨끗이 씻어서는 천으로 닦아 물기를 말린 뒤 다시 신었습니다. 마침내 자유의 몸이 된 도로시는 뜰로 달려가 사자에게 서쪽 나라 나쁜 마녀가 죽었으며 이제 더 이상 이 나라의 포로가 아니라는 소식을 전했습니다.

13

친구들을 구하다

겁쟁이 사자는 마녀가 물 한 양동이를 뒤집어쓰고 녹아 버렸다는 말을 듣고는 뛸 듯이 기뻐했습니다. 도로시는 곧바로 철창문을 열어 사자를 풀어 주었습니다. 도로시와 사자는 함께 성으로 갔습니다. 우선 도로시는 윙키들을 모두 모아 놓고 이제 더 이상 노예가 아니라는 사실을 알렸습니다.

오랫동안 무자비한 대우를 받으며 나쁜 마녀를 위해 힘들게 일해야 했던 노란 윙키들은 기쁨의 탄성을 질렀습니다. 윙키들은 이날을 휴일로 정하고, 그 후로 쭉 축제를 열어 춤을 추며 즐겼습니다.

사자가 말했습니다.

"우리 친구, 허수아비와 양철 나무꾼만 있으면 정말 행복할 텐데."

도로시가 걱정스럽게 물었습니다.

"우리가 구할 수 없을까요?"

"한번 해보죠."

그래서 도로시와 사자는 노란 윙키들을 불러 친구들을 구하는 데 도움을 줄 수 있는지 물었습니다. 윙키들은 자신들을 풀어 준 도로시를 위해서라면 아낌없이 돕겠다며 기쁘게 말했습니다. 도로시는 가장 지혜로울 것 같은 윙키 몇 명을 뽑아 함께 출발했습니다. 그리고 하루 종일 걸어 그다음 날이 되어서야 양철 나무꾼이 만신창이가 되어 쓰러져 있는 바위투성이 들판에 도착했습니다. 도끼가 나무꾼 옆에 있었지만 날은 녹슬고 자루는 부러진 채였습니다.

윙키들은 양철 나무꾼을 조심스레 들어 올려 노란 성으로 데리고 왔습니다. 도로시는 옛 친구의 끔찍한 모습에 돌아오는 내내 눈물을 흘렸고, 사자는 심각하고 안타까운 눈길로 나무꾼을 바라보았습니다. 도로시가 윙키들에게 물었습니다.

"혹시 여러분 중에 양철공이 있나요?"

"아, 그럼요. 솜씨 좋은 양철공이 몇 명 있지요."

"그럼 좀 불러 주세요."

양철공들이 저마다 연장 바구니를 들고 모이자, 도로시가 물었습니다.

"찌그러진 부분을 손보고, 몸을 원래대로 펴고, 부서진 곳을 땜질할 수 있나요?"

양철공들은 나무꾼을 조심스레 살펴보더니 원래대로 고칠 수 있을 것 같다고 말했습니다. 성안의 커다란 노란 방에서 양철공들은 양철 나무꾼의 다리와 몸과 머리를 망치질하고, 비틀고, 구부리고, 땜질하고, 광내고, 두드리며 사흘 낮 나흘 밤을 보냈습니다. 나무꾼은 마침내 반듯한 본래 모습을 되찾았고, 관절도 전처럼 부드러워졌습니다. 몇 군데 덧댄 자국이야 남았지만 양철공들의 솜씨는 나무랄 데 없었고, 나무꾼도 그런 자국에 마음 쓸 만큼 외모에 신경 쓰는 사람이 아니었습니다.

드디어 도로시의 방을 찾은 나무꾼은 자신을 구해 줘서 고맙다며 기쁨의 눈물을 흘렸습니다. 도로시는 눈물이 나무꾼의 볼을 타고 흘러내릴 때마다 턱관절이 녹슬지 않도록 앞치마로 살살 훔쳐 주었습니다. 그러면서 도로시 자신도 옛 친구를 다시 만난 반가움에 하염없이 눈물을 흘렸습니다. 하지만 이 눈물은 전혀 닦을 필요가 없었습니다. 꼬리 끝으로 계속 눈물을 훔치던 사자는 꼬리가 흠뻑 젖어 버려 할 수 없이 뜰로 나가 꼬리가 마를 때까지 햇빛 아래서 들고 있어야 했습니다.

도로시가 그간의 일을 모두 들려주자 양철 나무꾼이 말했습니다.

"이제 허수아비만 옆에 있으면 정말 행복할 텐데."

"우리가 찾아 나서야지요."

도로시가 대꾸했습니다.

도로시는 자신을 도와줄 윙키들을 불러 모았고, 그들은 하루 종일 걸어 그다음 날이 되어서야 날개 달린 원숭이들이 허수아비의 옷을 던져 놓은 키 큰 나무에 다다랐습니다.

하지만 나무가 너무 높고 미끄러워 타고 올라갈 수가 없었습니다. 그러자 나무꾼이 말했습니다.

"내가 나무를 베어 쓰러뜨리면 허수아비 옷을 찾을 수 있을 거예요."

양철공들이 나무꾼을 고치는 동안 금세공 기술자들은 부러진 도끼 자루 대신 순금으로 된 자루를 맞춰 주었습니다. 그리고 다른 윙키들은 도끼날에 슨 녹이 다 벗겨질 때까지 열심히 문질러 잘 닦은 은처럼 반짝반짝 윤을 냈습니다.

양철 나무꾼은 말을 마치기가 무섭게 나무를 베기 시작했고, 나무는 눈 깜짝할 사이에 "쿵" 소리를 내며 쓰러졌습니다. 나뭇가지에 걸렸던 허수아비의 옷가지들도 땅에 떨어져 뒹굴었습니다.

도로시가 옷을 주워들고는 윙키들에게 성으로 가져가서 질 좋고 깨끗한 짚으로 안을 채우라고 일렀습니다. 전처럼 말끔해진 허수아비는 예전 모습 그대로 살아났고, 구해 줘서 고맙다며 거듭거듭 인사를 했습니다.

다시 한데 모인 도로시와 친구들은 노란 성에서 행복한 날들을 보냈습니다. 성에는 편안히 지내는 데 필요한 모든 것이 다 갖추어져 있었습니다. 하지만 어느 날 엠 아줌마가 생각난 도로시가 이렇게 말했습니다.

"우린 오즈에게 돌아가 약속을 지키라고 해야 해요."

"그래요. 마침내 심장을 얻게 되겠군요."

양철 나무꾼이 말했습니다.

"난 뇌를 얻게 되고요."

허수아비도 신이 나서 거들었습니다.

"난 용기가 생길 거예요."

사자도 생각에 잠겨 말했습니다.

"그리고 난 캔자스로 돌아갈 수 있어요. 아, 우리 내일 당장 에메랄드 시로 출발해요!"

도로시가 손뼉을 치며 소리쳤습니다.

모두들 도로시의 말에 찬성했습니다. 다음 날 도로시와 친구들은 윙키들을 모아 놓고 작별 인사를 했습니다. 윙키들은 서운해하면서 그동안 정이 많이 든 양철 나무꾼에게는 이곳에 머무르며 노란 서쪽 나라와 자신들을 다스려 달라고 애원하기까지 했습니다. 하지만 보내 줘야 한다는 사실을 알고는 토토와 사자에게는 금 목줄을, 도로시에게는 다이아몬드가 박힌 예쁜 팔찌를, 허수아비에게는 넘어지지 말라고 손잡이 부분이 금으로 된

지팡이를, 양철 나무꾼에게는 귀한 보석을 박아 넣고 금으로 장식한 은제 기름통을 선물했습니다.

도로시와 친구들은 저마다 윙키들에게 고마운 마음을 전하며 팔이 아프도록 악수를 했습니다.

도로시는 여행길에 먹을 음식을 챙기러 마녀의 찬장에 갔다가 황금 모자를 발견했습니다. 머리에 써보니 꼭 맞았습니다. 도로시는 황금 모자의 마법에 대해선 전혀 몰랐지만, 모자가 예뻐서 쓰고 가기로 마음먹었습니다. 그리고 원래 쓰던 모자는 바구니에 넣었습니다.

떠날 준비를 모두 마친 여행자들은 에메랄드 시를 향해 출발했습니다. 윙키들이 만세를 부르며 행운을 빌어 주었습니다.

14

날개 달린 원숭이들

에메랄드 시에서 서쪽 마녀가 사는 성까지는 오솔길조차 하나 없었다는 사실을 기억할 것입니다. 네 여행자가 자신을 찾아오는 모습을 발견했던 마녀는 날개 달린 원숭이들을 보내 그들을 데려오게 했었습니다. 미나리아재비와 노란 데이지가 만발한 너른 들판을 지나 되돌아가는 길은 날개 달린 원숭이들에게 끌려갔을 때보다 훨씬 어려웠습니다. 물론 해가 떠오르는 동쪽으로 똑바로 가야 한다는 사실은 알았기에 방향은 바르게 잡을 수 있었습니다. 하지만 정오가 되어 태양이 머리 위로 높이 솟자 어디가 동쪽이고 어디가 서쪽인지 분간이 안 됐고, 갈팡질팡하다 넓은 들판에서 그만 길을 잃고 말았습니다. 그래도 걸음을 멈추지는 않았습니다. 밤이 되어 달이 휘영청 떠오르자 일행은 향긋한 노란 꽃 사이에 누워 아침까지 곤히 잠을 잤습니다. 물론 허수아비와 양철 나무꾼은 예외였습니다.

다음 날 아침, 태양은 구름에 가려 보이지 않았지만 도로시와 친구들은 자신들이 가고 있는 방향이 확실하다는 듯 다시 길을 떠났습니다.

"계속 걷다 보면 어딘가에 분명히 닿을 거예요."

도로시가 말했습니다.

하지만 하루가 가고 또 하루가 가도 눈앞에는 노란 들판만 보일 뿐이었습니다. 허수아비가 투덜대기 시작했습니다.

"길을 잃은 게 확실해요. 조만간 에메랄드 시로 가는 길을 찾지 못하면 난 영원히 뇌를 얻지 못할 거예요."

그러자 양철 나무꾼이 말했습니다.

"난 심장을 못 가지겠죠. 오즈를 만날 때까지 못 기다릴 것 같아요. 우린 너무 많이 걸었다고요."

겁쟁이 사자가 훌쩍거리며 말했습니다.

"알다시피, 난 어딘가에 도착한다는 희망도 없이 언제까지나 걸을 용기가 없어요."

그러자 도로시도 기운이 쑥 빠졌습니다. 도로시가 풀밭에 주저앉아 친구들을 쳐다보았습니다. 친구들도 자리에 앉아 도로시를 바라보았습니다. 토토는 평생 처음으로 머리 위를 날아다니는 나비를 쫓지도 못할 만큼 지쳐 버렸습니다. 그래서 혀를 내민 채 할딱거리면서 앞으로 어쩔 거냐고 묻기라도 하듯 도로시를 쳐다보았습니다.

도로시가 입을 열었습니다.

"들쥐를 불러 물어보면 어떨까요? 에메랄드 시로 가는 길을 가르쳐 줄 지도 모르잖아요."

그러자 허수아비가 소리쳤습니다.

"틀림없이 알 거예요. 왜 진작 그 생각을 못했을까?"

도로시는 여왕 들쥐에게 받은 뒤 늘 목에 걸고 다니던 작은 호루라기를 불었습니다. 얼마 안 있어 조그만 발소리들이 들리는가 싶더니 작은 잿빛 들쥐 수십 마리가 도로시에게로 후다닥 달려왔습니다. 그중 여왕 들쥐가 찍찍거리며 물었습니다.

"뭘 도와줄까요, 친구들?"

도로시가 말했습니다.

"우린 길을 잃었어요. 에메랄드 시로 가는 길을 가르쳐 주겠어요?"

"물론이죠. 하지만 계속 반대 방향으로 왔기 때문에 한참을 가야 해요."

그때 도로시의 황금 모자를 본 여왕 들쥐가 말했습니다.

"황금 모자의 마법을 이용해서 날개 달린 원숭이들을 부르지 그래요? 그러면 한 시간도 안 돼 에메랄드 시로 데려다줄 수 있을 텐데요."

도로시가 깜짝 놀라며 말했습니다.

"마법 모자인 줄 몰랐어요. 근데 어떻게 하면 되는 거죠?"

"모자 안쪽에 방법이 적혀 있어요. 하지만 날개 달린 원숭이를 부르면 우리는 달아나야 해요. 원숭이들이 워낙 장난이 심해서 우리 같은 쥐들을 괴롭히는 걸 아주 재미있어하거든요."

그러자 도로시가 걱정스레 물었습니다.

"원숭이들이 나도 해치지 않을까요?"

"아, 아니에요. 모자를 쓴 사람에게는 복종하게 되어 있거든요. 그럼 잘 가요!"

여왕 들쥐가 다른 들쥐들을 데리고 재빨리 사라졌습니다.

도로시가 모자 안을 들여다보니 안감 위에 글자가 적혀 있었습니다. 마법의 주문이 틀림없다고 생각한 도로시는 지시 사항을 주의해서 읽은 뒤 모자를 머리에 썼습니다.

"에-페, 페-페, 카-케!"

도로시가 오른발을 들고 말했습니다.

"뭐라고 그런 거예요?"

허수아비는 도로시가 뭘 하는지 몰라 물었습니다.

"힐-로, 홀-로, 헬-로!"

이번엔 도로시가 왼발을 들고 외쳤습니다.

"헬로!"

헬로(Hello)가 인사인 줄 알았는지 양철 나무꾼이 태연히 대꾸했습니다.

도로시가 이번에는 두 발로 서서 말했습니다.

"지–지, 주–지, 직!"

마법의 주문이 모두 끝나자, 시끄럽게 떠드는 소리와 날개 퍼덕이는 소리가 들리더니 날개 달린 원숭이들이 떼 지어 날아왔

습니다. 우두머리 원숭이가 도로시에게 허리 굽혀 인사를 하며 물었습니다.

"무슨 분부이십니까?"

"에메랄드 시로 가고 싶어요. 길을 잃었거든요."

"저희가 모셔다 드리겠습니다."

우두머리 원숭이의 말이 끝나기가 무섭게 원숭이 두 마리가 팔로 도로시를 감싸 안고는 하늘로 날아올랐습니다. 다른 원숭이들은 허수아비와 양철 나무꾼, 사자를 들었습니다. 작은 원숭이 한 마리는 토토가 물려고 덤벼드는데도 토토를 안고 그 뒤를 따랐습니다.

허수아비와 양철 나무꾼은 날개 달린 원숭이들한테 호되게 당했던 기억이 떠올라 처음엔 벌벌 떨었지만, 해칠 마음이 없다는 걸 알자 신나게 하늘을 날면서 저 아래로 펼쳐진 예쁜 정원들과 숲을 구경하며 즐거운 시간을 보냈습니다.

도로시는 덩치가 제일 큰 원숭이 두 마리 사이에서 편안하게 날아갔는데, 그중 하나가 우두머리 원숭이였습니다. 원숭이들은 손가마를 만들어 태우고는 도로시가 다치지 않게 조심조심 날았습니다.

도로시가 물었습니다.

"왜 황금 모자의 주문에 복종해야 하는 거죠?"

우두머리 원숭이가 웃으며 말했습니다.

"말하자면 길어요. 하지만 가야 할 길이 머니, 원하신다면 말씀드리겠습니다."

"그래 주면 고맙겠어요."

"저희도 옛날엔 자유로웠습니다. 거대한 숲에서 나무에서 나무로 날아다니며, 호두와 과일을 따먹고, 누굴 주인님이라 부를 필요도 없이 하고 싶은 대로 하며 살았지요. 장난이 심한 원숭이들은 때때로 땅에 내려가 날개가 없는 동물들의 꼬리를 잡아당기거나 새들을 쫓고, 숲을 지나는 사람들에게 호두를 던지기도 했어요. 그렇게 아무 거리낌 없이 재미나고 행복하게 순간순간을 즐기며 살았어요. 하지만 이것은 모두 오즈가 구름에서 나와 이 땅을 지배하기 훨씬 전의 일이었지요.

그 당시 여기 먼 북쪽에는 아름다운 공주가 살고 있었어요. 공주 역시 뛰어난 마법사였지요. 공주는 사람들을 돕는 일에만 마법을 썼으며 착한 사람은 절대 해치지 않았답니다. 공주의 이름은 게일레트였고, 커다란 루비 벽돌로 지은 아름다운 궁전에 살았어요. 모두 공주를 사랑했지만, 공주는 그 사랑을 되돌려 줄 상대를 찾을 수 없다는 게 가장 큰 슬픔이었지요. 남자들이 하나같이 멍청하고 못생겨서 현명하고 아름다운 공주의 짝으로 맞지 않았거든요. 그러다 마침내 잘생기고, 남자답고, 나이에 비해 현명한 소년을 찾아냈습니다. 게일레트는 소년이 자라 어른이 되면 남편으로 맞아들이기로 결심했지요. 그래서 소년을 루비 궁전으로 데려와 온갖 마법을 부려 모든 여자가 탐낼 정도로 강하고 멋있는 매력적인 남자로 만들었습니다. 케랄라라는 이름의 소년은 온 나라를 통틀어 가장 훌륭하고 지혜로운 남자로 자랐습니다. 케랄라의 남성적인 매력에 빠져 그를 깊이 사랑하게 된 공주는 결혼 준비를 서둘렀습니다.

그때 저희 할아버지는 날개 달린 원숭이들의 왕이셨는데, 게일레트 공주의 궁전에서 가까운 숲에 살았습니다. 맛난 음식보다 장난을 더 즐기던 분이셨지요. 결혼을 앞둔 어느 날, 할아버지는 원숭이 무리와 함께 날아다니다가 케랄라가 강가를 거니는 모습을 보았습니다. 케랄라는 분홍색 비단과 자주색 벨벳으로 만든 고급스런 옷을 입고 있었지요. 그 모습을 본 할아버지는 장난기가 발동했어요. 할아버지가 명령을 내리자, 원숭이들은 케랄라를 붙잡고 강 한가운데로 날아가 물속에 "풍덩" 빠뜨려 버렸습니다.

할아버지는 '헤엄쳐 나와, 이 친구야. 옷이 얼마나 엉망이 됐는지 한번 보라고!' 하고 외쳤어요. 케랄라는 뭐든 못하는 게 없었으니 수영도 잘했습니다. 또한 많은 행운을 누리면서도 조금도 거만하지 않았습니다. 케랄라는 "껄껄" 웃으며 물 위로 올라와 강가로 헤엄쳐 나왔습니다. 하지만 케랄라에게 달려온 게일레트가 물에 젖어 엉망이 된 비단과 벨벳 옷을 발견했습니다.

공주는 화가 났고, 누구 짓인지도 당연히 알았지요. 공주는 날개 달린 원숭이들을 모두 불러들인 다음, 날개를 꽁꽁 묶어 케랄라에게 했던 것처럼 강물에 빠뜨리겠다고 말했습니다. 그러자 할아버지가 공주에게 싹싹 빌었어요. 날개가 묶인 채 강에 빠졌다간 모두 죽을 게 뻔했으니까요. 케랄라도 원숭이들 편을 들고 나서자, 공주는 마침내 원숭이들을 용서해 주었습니다.

단, 황금 모자를 가진 주인에게 소원 세 가지를 들어줘야 한다는 조건을 붙여서 말이죠. 그 모자는 케랄라에게 줄 결혼 선물이었는데, 왕국의 절반이 모자값으로 들었다고 합니다. 아무튼 할아버지와 다른 원숭이들은 이 조건을 당장 받아들였어요. 그때부터 저희는 황금 모자의 주인이 누가 되든 그분의 노예가 되어 세 가지 소원을 들어주고 있답니다."

이야기에 푹 빠져 있던 도로시가 물었습니다.

"공주와 케랄라는 어떻게 됐어요?"

"케랄라는 황금 모자의 첫 주인으로서, 저희에게 소원을 말한 첫 번째 사람이 됐지요. 공주가 워낙 저희를 보기 싫어하니까 결혼식이 끝나자 저희를 숲으로 모두 불러서는 다시는 공주 눈에 띄지 말라고 하더군요. 저희도 공주가 무서웠던 터라 기꺼이 분부를 따랐지요.

여기까지가 서쪽 나라 나쁜 마녀의 손에 황금 모자가 넘어가기 전에 일어났던 일입니다. 마녀는 윙키들을 노예로 만들라고 한 다음, 오즈를 서쪽 나라에서 쫓아내라고 명령했지요. 이제 황금 모자는 주인님의 것이니, 세 가지 소원을 말할 수 있습니다."

우두머리 원숭이의 이야기가 끝나자 도로시는 아래를 내려다보았습니다. 초록색으로 빛나는 에메랄드 시의 성벽이 눈앞에 나타났습니다. 도로시는 원숭이들이 빨리 나는 것에 감탄하면서도 드디어 여행이 끝났다는 사실에 기뻐했습니다. 원숭이들이 에메랄드 시 성문 앞에 도로시와 친구들을 조심스레 내려놓았습니다. 우두머리 원숭이가 도로시에게 깊숙이 절을 하고는 쏜살같이 날아가자 원숭이 무리가 그 뒤를 따랐습니다.

"정말 멋진 여행이었어요."

도로시가 말했습니다.

"그래요. 덕분에 힘든 여행이 빨리 끝났네요. 도로시가 황금모자를 가져온 게 얼마나 다행인지 모르겠어요!"

사자가 맞장구를 쳤습니다.

15

무시무시한 오즈의 정체

도로시와 친구들은 에메랄드 시로 들어가는 거대한 성문으로 다가가 벨을 눌렀습니다. 종소리가 몇 번 들린 후 전에 만났던 문지기가 문을 열었습니다.

"세상에! 다시 돌아온 겁니까?"

문지기가 놀라 물었습니다.

"보시다시피."

허수아비가 대꾸했습니다.

"서쪽 나라 마녀를 만나러 간 줄 알았는데요."

"만났어요."

"그런데 다시 보내 줬다고요?"

문지기가 어리둥절해하며 물었습니다.

"마녀도 어쩔 수 없었어요. 녹아 버렸으니까요."

허수아비가 설명했습니다.

"녹았다고요? 이렇게 기쁜 소식이 있나. 그런데 누가 그랬나요?"

"도로시요."

사자가 진지하게 대꾸했습니다.

"맙소사!"

문지기가 소리치더니 도로시에게 허리 숙여 절을 했습니다.

그러고는 작은 방으로 데려가 전처럼 커다란 상자에서 안경을 꺼내 씌워 준 뒤 열쇠로 잠갔습니다. 도로시와 친구들은 문을 지나 에메랄드 시로 들어섰습니다. 도로시가 서쪽 나라 나쁜 마녀를 녹여 없앴다는 문지기의 소리를 듣고 사람들이 구름같이 모여들더니 오즈의 성까지 도로시 일행을 뒤따랐습니다.

초록색 구레나룻을 기른 병사가 여전히 문을 지키고 있었지만, 군말 없이 도로시와 친구들을 들여보내 주었습니다. 다시 만난 아름다운 초록 소녀도 오즈가 만날 준비가 될 때까지 도로시와 친구들이 편히 쉴 수 있도록 예전에 묵었던 방으로 안내해 주었습니다.

병사는 도로시와 친구들이 나쁜 마녀를 죽이고 다시 돌아왔다는 소식을 오즈에게 곧장 전했습니다. 하지만 오즈는 아무 대답도 하지 않았습니다. 위대한 마법사가 자신들을 당장 부를 것이라고 추측했던 도로시 일행의 생각은 빗나갔습니다. 다음 날도, 그다음 날도, 또 그다음 날도 아무 소식이 없었습니다. 도로시와 친구들은 지루한 기다림에 지친 나머지 노예처럼 고생만 하게 만들고 이렇게 푸대접하는 오즈에게 단단히 화가 났습니다.

마침내 허수아비가 초록 소녀에게 오즈에게 전할 말을 부탁했습니다.

"당장 우리를 만나 주지 않으면 날개 달린 원숭이들을 시켜 오즈가 약속을 지킬 것인지 말 것인지 알아내겠다고 전해 주세요."

오즈가 이 말을 듣고 겁이 났는지 다음 날 아침 9시 4분에 접견실로 오라는 전갈을 보냈습니다. 서쪽 나라에서 날개 달린 원숭이들을 만난 적이 있는 오즈는 다시는 원숭이들을 만나고 싶지 않았습니다.

도로시와 친구들은 각자 오즈가 들어주겠다던 소원을 생각하며 뜬눈으로 밤을 보냈습니다. 도로시는 딱 한 번 잠이 들었다가 엠 아줌마가 캔자스로 돌아온 도로시를 환하게 반기는 꿈을 꾸었습니다.

다음 날 9시가 되자 초록색 구레나룻을 기른 병사가 찾아왔고, 4분 후 다 함께 위대한 마법사의 접견실로 들어갔습니다.

다들 각자 전에 만났던 오즈의 모습을 보게 되리라 예상했지만 놀랍게도 방에는 아무도 없었습니다. 도로시와 친구들은 문

가까이에 서로 바짝 붙어 섰습니다. 텅 빈 방의 고요함이 오즈의 어떤 모습보다도 소름 끼쳤습니다.

곧 둥근 천장 위 어디선가 엄숙한 목소리가 흘러나왔습니다.

"나는 위대하고 무시무시한 오즈다. 무슨 일로 날 찾아왔느냐?"

도로시와 친구들이 방 구석구석을 둘러보았지만 아무도 보이지 않았습니다. 도로시가 물었습니다.

"어디 계세요?"

목소리가 대답했습니다.

"나는 어디에나 있다. 하지만 보통 사람의 눈에는 보이지 않는다. 이제 너희와 대화할 수 있도록 왕좌에 앉겠다."

그러자 정말로 목소리가 왕좌에서 나오는 듯했습니다. 도로시와 친구들이 왕좌 쪽으로 다가가 나란히 섰습니다. 도로시가 말했습니다.

"우리 약속을 들어 달라고 왔습니다, 오즈님."

"무슨 약속 말이냐?"

"나쁜 마녀를 없애면 캔자스로 돌려보내 준다고 약속하셨잖아요."

"저한테는 뇌를 준다고 약속하셨고요."

허수아비가 말했습니다.

"제겐 심장을 준다고 했어요."

양철 나무꾼도 말했습니다.
"그리고 저한테는 용기를 주신다고 했죠."
겁쟁이 사자도 덧붙였습니다.
"나쁜 마녀가 정말로 죽었느냐?"
목소리가 물었습니다. 도로시는 목소리가 약간 떨고 있다는 느낌을 받았습니다.
"네. 제가 물 한 양동이를 부어 녹여 버렸어요."
"허, 이렇게 갑작스러울 수가! 생각할 시간이 필요하니 내일 찾아오너라."
"이미 많이 생각하셨잖아요."
양철 나무꾼이 화가 나서 쏘아붙였습니다.
"이젠 하루도 못 기다려요."
허수아비가 거들었습니다.
"약속을 지키셔야죠!"
도로시도 소리쳤습니다.
사자는 마법사를 겁주려는 생각으로 크고 우렁차게 울부짖었습니다. 그 소리가 어찌나 사납고 무서웠던지, 놀란 토토가 펄쩍 뛰어오르다 구석에 서있던 가리개를 넘어뜨렸습니다. "쿵" 하며 가리개가 넘어가는 소리에 다들 그쪽으로 고개를 돌렸습니다. 순간 도로시와 친구들은 소스라치게 놀랐습니다. 대머리에 주름투성이 얼굴을 한 작은 노인이 가리개 뒤에 서있었던 것

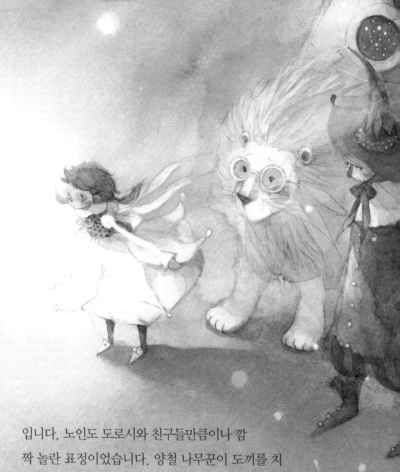

입니다. 노인도 도로시와 친구들만큼이나 깜짝 놀란 표정이었습니다. 양철 나무꾼이 도끼를 치켜들고 달려가 소리쳤습니다.

"당신은 누구야?"

그러자 노인이 떨리는 소리로 말했습니다.

"나는 위대하고 무시무시한 오즈다. 그러니 내려치지 마. 부탁이야! 원하는 건 뭐든 다 할게."

도로시와 친구들은 놀라고 실망한 얼굴로 노인을 쳐다보았습니다.

"난 오즈가 거대한 머리인 줄 알았는데."

도로시가 말했습니다.

"난 아름다운 여인인 줄 알았어요."

허수아비가 말했습니다.

"난 무시무시한 맹수라고 생각했어요."

양철 나무꾼도 거들었습니다.

"난 불덩이인 줄 알았다고요."

사자가 소리쳤습니다.

그러자 노인이 순순히 말했습니다.

"아니, 모두 틀렸어. 내가 속임수를 쓴 거야."

"속임수라고요? 그럼 당신은 위대한 마법사가 아닌가요?"

도로시가 외쳤습니다.

"쉿, 얘야. 살살 말해라. 누가 들으면 어쩌려고 그러니? 그러면 난 끝장이야. 다들 날 위대한 마법사라고 믿고 있거든."

"그럼 아니란 말이에요?"

"아니란다, 얘야. 난 그냥 평범한 사람일 뿐이야."

"그 이상이죠. 사기꾼이잖아요."

허수아비가 슬픈 목소리로 말했습니다.

"그래, 맞다. 난 사기꾼이야."

무슨 위안이라도 되는 듯 손바닥을 비비며 노인이 말했습니다.

"그럼 큰일이잖아요. 내 심장은 어떻게 되는 거예요?"

양철 나무꾼이 말했습니다.

"내 용기는요?"

사자가 물었습니다.

"내 뇌는 어쩌고요?"

허수아비가 소매로 눈물을 훔치며 울부짖었습니다.

오즈가 말했습니다.

"얘들아, 그런 사소한 일은 꺼내지 마라. 내 입장을 한번 생각해 봐. 이 사실이 탄로 나면 난 엄청난 곤경에 빠지고 만다고."

"사기꾼이라는 걸 아무도 몰라요?"

도로시가 물었습니다.

"너희 넷하고 나 말고는 아무도 몰라. 오랫동안 속여 왔으니 절대로 들키지 않을 거라 생각했지. 너희들을 이 방에 들인 게 큰 실수였어. 평소엔 신하들도 만나지 않거든. 그래서 다들 날 무시무시한 존재로 믿고 있지."

"하지만 이해가 안 돼요. 어떻게 저한테 거대한 머리로 나타난 거죠?"

도로시가 어리둥절한 표정으로 물었습니다.

"그건 속임수였단다. 설명해 줄 테니 이쪽으로 오렴."

오즈가 접견실 뒤쪽 작은 방으로 도로시와 친구들을 안내하자 모두 따라갔습니다. 오즈가 한쪽 구석을 가리켰습니다. 그곳에는 여러 겹 발라 두껍게 만든 종이 위에 눈, 코, 입을 꼼꼼하게 그려 넣은 커다란 머리가 놓여 있었습니다.

"이것에 줄을 매달아 천장에서 늘어뜨렸지. 그리고 가리개 뒤에서 연결된 실을 당겨가며 눈동자를 굴리고 입을 열게 만들었던 거야."

"그럼 목소리는요?"

"아, 내가 복화술사라서 어디서든 소리가 나오는 것처럼 할 수 있거든. 그래서 네가 머리에서 소리가 나온다고 생각했던 거야. 너희를 속일 때 썼던 다른 물건들도 여기 있어."

오즈는 허수아비에게 아름다운 여인으로 나타났을 때 입었던 옷과 가면을 보여 주었습니다. 양철 나무꾼은 자신이 본 무시무시한 맹수가 널빤지에 털가죽을 여러 장 꿰매 붙인 것에 불과하다는 사실을 알았습니다. 불덩이도 사실은 솜뭉치를 천장에 매달아 놓은 것인데, 기름을 부어 불을 붙이자 맹렬히 타올랐던 것이었습니다.

허수아비가 말했습니다.

"정말이지 이렇게나 사람을 속이다니 부끄러운 줄 아세요."

노인이 슬픈 목소리로 말했습니다.

"그래, 정말 부끄럽구나. 하지만 어쩔 수가 없었어. 여기 의자가 많으니까 다들 앉아 봐. 그러면 내 이야길 해줄게."

도로시와 친구들은 앉아서 오즈가 하는 이야기에 귀를 기울였습니다.

"난 오마하에서 태어났단다……."

"어머, 캔자스에서 가까운 곳이네요!"

도로시가 소리쳤습니다.

오즈가 도로시에게 고개를 저으며 서글프게 말했습니다.

"그래. 하지만 여기선 아주 멀지. 난 자라서 복화술사가 되었고, 훌륭한 스승 밑에서 훈련을 잘 받았지. 난 어떤 새나 동물들의 소리도 다 흉내 낼 수 있단다."

오즈가 말을 멈추고 새끼 고양이 소리를 내자, 토토가 귀를 쫑긋 세우고는 고양이를 찾아 사방을 두리번거렸습니다. 오즈가 말을 이었습니다.

"하지만 얼마 못 가 싫증이 났어. 그래서 나는 기구를 타는 사람이 되었지."

"뭐 하는 사람인데요?"

도로시가 물었습니다.

"서커스 하는 날 기구를 타고 올라가 구경꾼들을 불러 모은단다. 그러면 사람들이 돈을 내고 서커스를 보러 오지."

"아, 알아요."

"어느 날인가 풍선을 타고 올라갔는데, 밧줄이 꼬이는 바람에 내려갈 수가 없는 거야. 기구는 구름을 뚫고 자꾸 위로 올라가더니 기류에 휘말려 멀리멀리 날아가기 시작했어. 하루를 꼬박 날아서 다음 날 아침 눈을 뜨니 어떤 이상하고 아름다운 나라 위를 떠다니고 있는 거야.

기구가 천천히 내려간 덕에 난 하나도 다치지 않았어. 하지만 이상한 사람들에게 둘러싸여 버렸지. 그런데 구름에서 내려온 나를 보고는 위대한 마법사로 착각을 한 거야. 물론 난 그 사람들이 그렇게 생각하도록 내버려 뒀지. 날 무서워하면서 내가 시키는 건 뭐든지 하겠다고 약속했거든.

나는 기분도 낼 겸 착한 사람들이 분주히 일할 수 있도록 도시와 궁전을 지으라고 명령했단다. 다들 기꺼운 마음으로 멋지게 일을 해냈지. 나는 이곳이 아름답고 푸르니까 이름을 에메랄드 시라고 지어야겠다고 생각했어. 또 이름에 걸맞게 모두한테 초록색 안경을 쓰라고 했지. 세상이 온통 초록색으로 보이도록 말이야."

"그럼 여기 있는 게 전부 초록색이 아니라는 거예요?"

도로시가 물었습니다.

"다른 도시들하고 똑같단다. 하지만 일단 초록색 안경을 쓰면 당연히 모든 게 초록색으로 보이지. 내가 기구를 타고 이곳에 온 게 젊었을 때니 에메랄드 시가 지어진 지도 꽤 오래됐지. 이렇게 늙은이가 되었으니 말이야. 하지만 내 백성들은 초록색 안경을 하도 오랫동안 써서 대부분 진짜 에메랄드 시인 줄로 알

아. 이곳은 확실히 보석과 귀금속이 넘쳐 나고, 부족할 게 없을 정도로 행복하고 아름다운 나라야. 난 지금껏 이 나라를 잘 다스려왔고 백성들도 날 좋아해. 하지만 궁전을 짓고 난 후로는 여기 숨어 아무도 만나지 않았단다.

가장 무서운 존재는 마녀들이었어. 마법의 힘이 전혀 없는 나에 비해 마녀들의 힘은 정말로 놀라웠거든. 이 나라에는 마녀가 네 명 있었는데, 각각 동쪽, 서쪽, 남쪽, 북쪽을 다스렸어. 다행히 남쪽과 북쪽에 사는 마녀는 착한 마녀라 무서워할 필요가 없었지. 하지만 동쪽과 서쪽 마녀는 말도 못하게 사악해서 내가 자기들보다 힘이 약하다고 생각되면 날 없애려 들 게 뻔했어. 실제로 난 오랜 세월 그 마녀들을 두려워하며 살아왔어. 그러니 동쪽 마녀가 네 집에 깔려 죽었다는 소리를 듣고 내가 얼마나 기뻤을지 상상이 되겠지. 그래서 너희가 나한테 왔을 때, 서쪽 마녀를 없애기만 하면 뭐든 하겠다고 약속했던 거란다. 그런데 이렇게 네가 마녀를 녹이고 왔는데도 약속을 지킬 수 없다는 말을 해야 하다니 부끄럽구나."

"정말 나쁜 분이군요."

도로시가 말했습니다.

"아, 아니다, 얘야. 난 정말 착한 사람이란다. 하지만 아주 형편없는 마법사란 건 인정해야겠지."

"그럼 저한테 뇌를 못 주시나요?"

허수아비가 물었습니다.

"너는 뇌가 필요 없어. 매일 새로운 걸 배우고 있으니까. 아기들이 뇌가 있다고 많이 아는 건 아니잖아. 경험을 통해서만 무엇인가 배울 수 있단다. 세상을 오래 살수록 그만큼 경험도 쌓이는 법이야."

"그 말이 맞을지도 모르죠. 하지만 뇌를 갖지 못한다면 난 몹시 불행할 거예요."

가짜 마법사가 허수아비를 찬찬히 보았습니다. 그러더니 한숨을 쉬며 말했습니다.

"말했다시피 난 형편없는 마법사야. 하지만 내일 아침 나한테 오면 네 머리에 뇌를 넣어 주도록 하지. 하지만 뇌를 쓰는 방법까진 가르쳐 줄 수 없으니 네 스스로 알아내야만 해."

"아, 고맙습니다, 고맙습니다! 꼭 방법을 알아낼 테니 걱정 마세요!"

허수아비가 기쁨에 겨워 소리쳤습니다.

"그러면 내 용기는요?"

사자가 걱정스레 물었습니다.

"내가 보기에 넌 이미 용기 있는 사자야. 너한테 필요한 건 용기가 아니라 자신감이야. 생명이 있는 것들은 무엇이든 위험에 처하면 두려워하기 마련이지. 그런 두려움을 이기고 위험에 맞서는 것이 바로 진정한 용기란다. 그런데 넌 그런 용기를 이미 많이 가지고 있잖아."

"그런 것 같네요. 하지만 그래도 겁이 나는걸요. 두려워한다는 사실을 잊게 할 만한 용기를 갖지 못한다면 난 몹시 불행할 거예요."

"잘 알겠다. 내일 네게 그런 용기를 주도록 하마."

그러자 양철 나무꾼이 물었습니다.

"내 심장은요?"

"글쎄, 그건 말이지, 네가 심장을 갖고 싶어 하는 게 오히려 잘못인 것 같아. 심장은 사람들을 대부분 불행하게 만들거든. 그 사실을 알면 심장이 없는 걸 행운으로 여길 텐데."

"그건 생각의 문제예요. 심장만 주신다면 난 그런 불행도 묵묵히 참아 낼 수 있어요."

"알았다. 내일 날 찾아오면 심장을 주마. 오랫동안 마법사 노릇을 해왔으니 조금 더 한다고 나쁠 건 없겠지."

그러자 도로시가 물었습니다.

"그러면 전 어떻게 캔자스로 돌아가죠?"

"그건 좀 더 생각해 봐야겠구나. 2-3일 시간을 주면 널 사막으로 돌려보낼 방법을 찾아보마. 그동안 너희는 모두 내 손님으로 대접받을 것이다. 백성들이 시중을 들며 아주 작은 부탁도 다 들어줄 거야. 큰 도움을 줄 수 없을지라도 그 대가로 내가 너희에게 바라는 건 단 하나, 내 비밀을 지켜 주고 내가 사기꾼이라는 사실을 아무에게도 말하지 않는 것이야."

그러자 도로시와 친구들은 모두 비밀을 지키겠다고 약속하고는 들뜬 기분으로 각자의 방으로 돌아갔습니다. 도로시마저도 '위대하고 무시무시한 사기꾼'이 자신을 캔자스로 돌려보낼 방법을 찾기를 바랐습니다. 만약 그렇게만 해준다면 오즈의 모든 허물을 기꺼이 용서할 작정이었습니다.

16

위대한 사기꾼의 마술

다음 날 아침, 허수아비가 친구들에게 말했습니다.

"축하해 줘요. 드디어 오즈한테 뇌를 얻으러 가요. 돌아올 땐 다른 사람들처럼 똑같이 돼 있을 거라고요."

"난 언제나 있는 그대로의 허수아비가 좋았어요."

도로시가 담담히 대꾸했습니다.

"허수아비를 좋아해 주다니 도로시 아가씨는 참 다정하세요. 하지만 뇌를 얻고 나서 내가 쏟아 내는 멋진 생각들을 들으면 날 더 대단하게 여기게 될걸요."

허수아비는 명랑한 목소리로 모두에게 인사를 하고 접견실로 가서 문을 두드렸습니다.

"들어오너라."

오즈의 대답이 들렸습니다.

허수아비가 안으로 들어서니, 노인이 생각에 잠긴 채 창가에 앉아 있었습니다.

"뇌를 받으려고 왔어요."

허수아비가 쭈뼛거리며 말했습니다.

"아, 그래. 저 의자에 앉아라. 미안하지만 먼저 머리를 빼야겠구나. 뇌를 제자리에 넣으려면 그래야 하거든."

"괜찮아요. 더 좋은 머리로 만들어 돌려주시기만 한다면 얼마든지요."

그래서 마법사는 허수아비의 머리를 빼내 안에 든 짚을 모두 꺼냈습니다. 그런 다음 뒷방으로 들어가 왕겨가 든 통을 꺼내더니 핀과 바늘을 잔뜩 넣고 섞었습니다. 꼼꼼하게 잘 흔든 다음 마법사는 허수아비의 머리 위쪽에다 그것을 채워 넣고, 나머지 부분에는 짚을 넣어 적당히 모양을 잡았습니다. 오즈가 허수아비의 머리를 몸통에 다시 붙이며 말했습니다.

"내가 새로운 뇌를 많이 넣어 놨으니까 앞으로 넌 훌륭한 사람이 될 것이다."

허수아비는 가장 큰 소망이 이루어졌다는 사실에 기쁨과 뿌듯함을 느끼며 오즈에게 진심으로 고맙다는 인사를 하고는 친구들에게 돌아갔습니다.

도로시가 호기심 어린 눈으로 허수아비를 쳐다보았습니다. 뇌가 들어 있는 머리 위쪽이 불룩 튀어나와 있었습니다.

"기분이 어때요?"

도로시가 물었습니다.

"진짜 똑똑해진 것 같아요. 좀 더 익숙해지면 뭐든 다 알게 되겠죠."

허수아비가 진지하게 대꾸했습니다.

"머리에 바늘이며 핀이 왜 그렇게 튀어나와 있는 거예요?"

양철 나무꾼이 물었습니다.

"그만큼 예리하다는 뜻이에요."

사자가 대답했습니다.

"이제 내가 오즈에게 가서 심장을 얻을 차례군요."

말을 마친 나무꾼이 접견실로 가서 문을 두드렸습니다.

"들어오너라."

오즈의 대답이 떨어지자 나무꾼은 안으로 들어갔습니다.

"심장을 얻으려고 왔습니다."

"좋아. 하지만 심장을 제자리에 넣으려면 먼저 가슴에 구멍을 내야 해. 아프지 않아야 할 텐데."

"아, 괜찮아요. 전 아무것도 느끼지 못하거든요."

그러자 오즈가 양철공들이 쓰는 큰 가위를 들고 오더니 양철 나무꾼의 왼쪽 가슴에 작은 구멍을 냈습니다. 그런 다음 서랍장에서 비단에 톱밥을 넣어 만든 예쁜 심장을 하나 꺼냈습니다.

"예쁘지 않아?"

오즈가 물었습니다.

"정말 예뻐요!"

나무꾼이 기쁨에 들떠 소리쳤습니다.

"그런데 친절한 심장인가요?"

"아, 그럼!"

오즈가 나무꾼의 가슴에 심장을 넣은 뒤 오려 냈던 네모난 양철 조각을 제자리에 대고 말끔하게 땜질을 했습니다.

"자, 이제 너는 누구라도 부러워할 만한 심장을 갖게 되었다. 가슴에 흉터를 남겨서 안됐다만 그건 어쩔 수 없었단다."

나무꾼이 행복해하며 말했습니다.

"흉터는 마음 쓰지 마세요. 정말 감사합니다. 이 은혜 평생 잊지 않을게요."

"그런 말 마."

양철 나무꾼은 행운을 빌어 준 친구들 곁으로 돌아왔습니다.

이번엔 사자가 접견실로 가서 문을 두드렸습니다.

"들어오너라."

오즈가 말했습니다.

"용기를 받으러 왔습니다."

사자가 방으로 들어서며 말했습니다.

“그래. 너에게 용기를 주마.”

오즈가 찬장으로 가더니 높은 선반에 놓인 네모난 초록색 병을 꺼냈습니다. 그리고 그 병 안에 든 것을 아름다운 무늬가 새겨진 초록빛이 도는 황금 접시에 부었습니다. 그러고는 겁쟁이 사자 앞에 접시를 갖다 놓았습니다. 마음에 들지 않는다는 듯 코를 킁킁거리는 사자를 보며 오즈가 말했습니다.

“마셔라.”

“이게 뭔데요?”

사자가 물었습니다.

“그게 네 몸속에 들어가면 용기로 변할 거야. 용기는 언제나 마음속에 있다는 거 너도 잘 알겠지. 따라서 마시기 전까지는 이걸 용기라고 부를 수 없단다. 그러니까 어서 빨리 마시도록 해라.”

그러자 사자가 더 이상 망설이지 않고 접시를 싹 비웠습니다.

“기분이 어떠냐?”

“용기가 펄펄 나는 것 같아요.”

사자는 기뻐하며 친구들에게 돌아가 기쁜 소식을 전했습니다.

혼자 남은 오즈는 허수아비와 양철 나무꾼과 사자의 소원을 꼭 맞게 들어줬다는 생각에 빙그레 미소를 지었습니다.

“다들 할 수 없다고 생각하는 일을 이렇게 하게 만드니 어떻게 내가 사기꾼이 안 되겠어? 허수아비와 사자와 나무꾼을 행복하게 해주는 건 쉬웠어. 내가 무슨 일이든 해낼 수 있다고 모두 믿었으니까. 하지만 도로시를 캔자스로 보내는 건 믿음만으로는 안 되는 일인데 말이야. 어떻게 하면 좋을지 도무지 감이 안 잡히는구먼."

17

기구를 띄우는 방법

사흘이 지나도록 도로시는 오즈에게서 아무런 말을 듣지 못했습니다. 기쁨과 만족감에 젖어 있는 친구들 속에서 도로시는 슬픈 하루하루를 보냈습니다. 허수아비는 머릿속에 좋은 생각들이 있다고 말했습니다. 하지만 아무도 이해하지 못하리라는 생각에 입을 다물었습니다. 양철 나무꾼은 걸을 때마다 가슴에서 심장이 덜거덕거리는 느낌을 받았습니다. 나무꾼은 도로시에게 자신이 인간이었을 때보다 더 친절하고 다정한 심장을 갖게 된 것 같다고 말했습니다. 사자는 이 세상 어떤 것도 두렵지 않다고 큰소리치며, 군인들과 맞붙는다 해도 사나운 칼리다 열 두 마리가 덤빈다 해도 기꺼이 맞설 수 있다고 말했습니다.

이렇게 도로시를 뺀 친구들은 모두 만족해했고, 그 때문에 캔자스로 돌아가고 싶은 도로시의 마음은 더욱 깊어졌습니다.

나흘째 되던 날, 드디어 오즈가 도로시를 불렀습니다. 도로시는 뛸 듯이 기뻐하며 한달음에 접견실로 갔습니다. 오즈가 반갑게 말했습니다.

"어서 와서 앉아라. 네가 이 나라를 떠날 수 있는 방법을 찾은 것 같구나."

"그럼 캔자스로 돌아가는 거예요?"

도로시가 애타게 물었습니다.

"글쎄, 캔자스까지는 확답을 못하겠구나. 어디 있는 곳인지 도통 모르겠거든. 하지만 일단은 먼저 사막을 건너야 해. 그러고 나면 길을 찾기가 쉬울 거야."

"그럼 사막은 어떻게 건너요?"

"내 생각엔 말이야, 내가 이 나라에 올 때 기구를 타고 왔잖아? 너도 회오리바람에 실려 하늘을 날아왔고 말이야. 그러니까 사막을 건너는 가장 좋은 방법은 하늘을 날아가는 거야. 물론 회오리바람을 만드는 건 내 능력 밖의 일이야. 하지만 곰곰이 생각해 보니 기구는 만들 수 있겠더라고."

"어떻게요?"

"비단으로 모양을 만든 다음 가스가 들어찰 수 있게 천에 아교를 바르는 거야. 궁전에 비단이 많이 있으니, 만드는 건 그리 어렵지 않을 거야. 문제는 온 나라를 뒤져도 기구를 띄울 가스를 구할 수 없다는 건데."

"기구를 못 띄우면 아무 소용이 없는 거잖아요."

"맞아. 하지만 뜨거운 공기로 안을 채우면 되니까 방법이 아예 없는 건 아냐. 가스보다는 못하지만 말이야. 뜨거운 공기가 식기라도 하면 기구가 사막 한가운데 떨어져 우리가 길을 잃을 수도 있거든."

"우리라고요! 저랑 함께 가신다는 말씀이세요?"

도로시가 소리쳤습니다.

"그래, 물론이지. 이제 사기꾼 노릇 하기도 지겨워. 내가 이 궁전 밖으로 나가면 백성들은 내가 마법사가 아니라는 사실을 금방 알아차리고, 속았다는 생각에 분해하겠지. 그러니 온종일 이 방에 갇혀 지낼 수밖에. 정말 지겨워. 차라리 너와 함께 캔자스로 돌아가서 서커스단에서 다시 일하고 싶어."

"같이 가신다면 저도 좋아요."

"고맙구나. 자, 그럼 먼저 비단 조각부터 함께 이어 볼까."

도로시가 바늘과 실을 가져오자 오즈가 재빨리 비단을 적당한 크기로 조각조각 잘랐고, 그것을 다시 도로시가 깔끔하게 바느질해 이어 붙였습니다. 처음엔 연초록 조각을, 그다음엔 진초록 조각을, 그리고 다음엔 에메랄드빛 조각을 이었습니다. 오즈가 여러 색깔이 어우러진 풍선을 만들고 싶어했기 때문입니다. 조각을 모두 이어 붙이는 데 꼬박 사흘이 걸렸습니다. 마침내 6미터가 훌쩍 넘는 커다란 초록색 비단 풍선이 완성되었습니다.

오즈는 공기가 새지 않게 풍선 안쪽에 아교를 얇게 바르더니, 마침내 풍선이 완성되었다고 말했습니다.

"이제 우리가 타고 갈 바구니를 만들어야 해."

오즈가 초록색 구레나룻을 기른 병사에게 천으로 만든 큰 바구니를 가져오라고 시켰습니다. 병사가 바구니를 가져오자 오즈는 여러 개의 밧줄을 이용해 풍선 밑에 바구니를 단단히 매달았습니다.

모든 준비가 끝나자, 오즈는 구름 속에 사는 위대한 마법사 형제를 만나러 간다고 백성들에게 알렸습니다. 소식은 에메랄드 시에 빠르게 퍼져 나갔고, 모두가 이 놀라운 광경을 보기 위해 모여들었습니다.

오즈는 궁전 앞으로 기구를 옮기도록 명령했고, 사람들은 호기심 가득한 눈으로 기구를 뚫어져라 쳐다보았습니다. 양철 나무꾼이 미리 베어 놓은 장작더미에 불을 붙였습니다. 오즈는 불 위에 기구 아랫부분을 올려놓아 불에서 나온 뜨거운 공기가 비단 풍선 안으로 들어가게 했습니다. 기구가 천천히 부풀며 솟아올랐고, 마침내 바구니가 땅에 닿을락 말락 해졌습니다.

오즈가 잽싸게 바구니에 타더니 백성들을 향해 큰 소리로 외쳤습니다.

"이제 나는 떠나노라. 내가 자리를 비운 동안, 허수아비가 여러분을 다스릴 것이다. 그러니 나에게 그랬듯 허수아비에게도 복종할 것을 명하노라."

기구를 땅에 붙잡아둔 밧줄이 팽팽해졌습니다. 뜨거워진 풍선 안의 공기가 바깥 공기보다 가벼워진 까닭에 기구가 금방이라도 하늘로 올라갈 듯했습니다.

"어서 타, 도로시! 기구가 떠오르기 전에 서둘러!"

오즈가 소리쳤습니다.

"토토가 안 보여요."

토토를 두고 갈 수는 없었습니다. 토토는 새끼 고양이를 쫓아 사람들 속을 뛰어다니고 있었습니다. 마침내 토토를 찾아낸 도로시가 얼른 토토를 안고 기구로 달려갔습니다.

몇 발자국을 남겨 놓은 상태에서 오즈가 도로시를 바구니에 태우려고 손을 내밀었습니다. 순간 "툭!" 하는 소리와 함께 밧줄이 끊어졌고, 도로시를 남겨 놓은 채 기구가 하늘로 떠올랐습니다.

"내려와요! 나도 데려가요!"

도로시가 외쳤습니다.

"돌아갈 수가 없어, 얘야. 잘 있어라!"

오즈가 바구니에서 소리쳤습니다.

"안녕히 가세요!"

사람들이 바구니에 탄 오즈를 올려다보며 크게 외쳤습니다.

기구는 하늘 위로 점점 더 멀어져 갔습니다.

그 후로 위대한 마법사 오즈를 본 사람은 아무도 없었습니다. 어쩌면 오마하에 안전하게 도착해서 거기서 살고 있을지도 모를 일입니다. 에메랄드 시의 시민들은 오즈에 대한 좋은 기억만을 간직한 채 이렇게 말하고 있습니다.

"오즈님은 언제나 우리들의 친구였어. 우리를 위해 이 아름다운 에메랄드 시를 만드셨지. 이제 그분은 가시고 없지만 현명한 허수아비님이 남아서 우리를 다스리신다네."

그래도 사람들은 오랫동안 위대한 마법사를 잃은 슬픔에 빠져 지냈고, 어떤 것도 마음을 달래 주지 못했습니다.

18

남쪽 나라로

도로시는 캔자스로 돌아갈 희망이 사라지자 실망감에 서럽게 울었습니다. 하지만 돌이켜 보니 기구를 타고 떠나지 않은 게 다행이라는 생각이 들었습니다. 아무튼 도로시는 오즈와 헤어진 것이 못내 아쉬웠고, 그건 친구들도 마찬가지였습니다.

양철 나무꾼이 도로시에게 다가와 말했습니다.

"나한테 멋진 심장을 준 사람이 떠났는데 슬퍼하지 않는다면 내가 은혜도 모르는 사람이겠지요? 좀 울고 싶은데, 내가 녹슬지 않게 눈물을 닦아 줄래요?"

"그럼요."

도로시가 곧바로 수건을 가져왔습니다. 그러자 양철 나무꾼은 몇 분 동안 눈물을 흘렸고, 도로시는 나무꾼을 찬찬히 살피며 수건으로 눈물을 닦아 주었습니다. 울음을 그친 나무꾼이 도로시에게 고맙다고 인사를 하고는, 만일을 위해 보석 박힌 기름통으로 자기 몸 구석구석에 기름칠을 했습니다.

이제 허수아비가 에메랄드 시의 새 주인이 되었습니다. 마법사는 아니었지만 사람들은 허수아비를 자랑스럽게 여기며 이렇게 말했습니다.

"세상에서 지푸라기 사람이 다스리는 도시는 여기뿐이잖아요."

그건 확실히 맞는 말이었습니다.

오즈가 탄 기구가 하늘로 날아간 다음 날 아침, 도로시와 친구들은 접견실에 모여 의논을 했습니다. 커다란 왕좌에 허수아비가 앉고, 다른 친구들이 허수아비 앞에 예의를 갖추고 섰습니다.

먼저 허수아비가 입을 열었습니다.

"그렇게 운이 나쁜 건 아니에요. 이 궁전과 에메랄드 시도 우리 것이 됐고, 하고 싶은 대로 다 할 수 있잖아요. 농부의 옥수수밭에서 막대기에 매달려 있던 게 바로 얼마 전인데, 이렇게 아름다운 도시의 주인이 됐으니, 난 아주 만족스러워요."

그러자 양철 나무꾼이 말했습니다.

"나도 새 심장을 갖게 되어 얼마나 기쁜지 몰라요. 세상에서 내가 유일하게 바라던 소원이었으니까요."

사자도 겸손하게 말했습니다.

"내가 다른 동물들보다 더 용감하진 않을지라도 보통의 용기는 가졌으니 나도 만족해요."

허수아비가 말했습니다.

"도로시만 에메랄드 시에 사는 걸 좋아하면 우리 모두 행복할 텐데요."

그러자 도로시가 소리쳤습니다.

"하지만 난 여기서 살기 싫어요. 캔자스로 돌아가서 엠 아줌마와 헨리 아저씨와 함께 살고 싶다고요."

"그럼 어떻게 하면 될까요?"

양철 나무꾼이 물었습니다.

허수아비가 곰곰이 생각하기 시작했습니다. 어찌나 열심히 생각을 했던지 머리 밖으로 핀과 바늘이 튀어나올 정도였습니다. 마침내 허수아비가 입을 열었습니다.

"날개 달린 원숭이들을 불러서 사막을 건너게 해달라고 부탁하면 되잖아요?"

"내가 그 생각을 왜 못했지!"

도로시가 기뻐하며 소리쳤습니다.

"바로 그거예요. 당장 가서 황금 모자를 가져올게요."

도로시가 모자를 들고 돌아와 마법의 주문을 외자, 날개 달린 원숭이들이 열린 창으로 날아들어 와 도로시 앞에 섰습니다.

"두 번째로 저희를 부르셨군요. 무슨 분부이십니까?"

우두머리 원숭이가 도로시에게 절을 하며 말했습니다.

"날 캔자스로 데려다줘요."

그러자 우두머리 원숭이가 고개를 저으며 말했습니다.

"그건 안 됩니다. 저희는 이 나라에만 속해 있기 때문에 여기를 떠날 수 없습니다. 캔자스에는 날개 달린 원숭이가 존재한 적이 없으며 앞으로도 그럴 것입니다. 저희는 오즈의 나라에만 있으니까요. 힘이 닿는 한 어떻게든 소원을 들어 드리고 싶지만 사막을 건널 수는 없습니다. 안녕히 계십시오."

인사를 마친 우두머리 원숭이는 날개를 펴고 창문 밖으로 날아갔고, 나머지 원숭이들이 뒤를 따랐습니다.

도로시는 너무도 실망해 울음을 터뜨릴 것 같았습니다.

"날개 달린 원숭이들도 도와줄 수 없다니, 괜히 기회만 날려 버렸네요."

"정말 안됐어요!"

따뜻한 심장을 가진 나무꾼이 말했습니다.

허수아비가 다시 골똘히 생각에 잠기자 머리가 울룩불룩 부풀어 올랐습니다. 저러다 머리가 터져 버리는 건 아닌지 도로시가 겁이 날 정도였습니다.

드디어 허수아비가 입을 열었습니다.

"초록색 구레나룻을 기른 병사를 불러서 물어보도록 해요."

불려 온 병사가 쭈뼛거리며 방으로 들어섰습니다. 오즈가 있을 때는 문 안으로 한 발짝도 들여 놓은 적이 없었던 것입니다.

허수아비가 병사에게 말했습니다.

"이 아가씨가 사막을 건너고 싶어 한다. 어떻게 하면 되겠느냐?"

"오즈님 말고는 사막을 건넌 사람이 아무도 없어서 저도 모릅니다."

"도와줄 사람이 없을까요?"

도로시가 애타게 물었습니다.

"글린다라면 알지도 모릅니다."

"글린다가 누구냐?"

허수아비가 물었습니다.

"남쪽 나라 마녀입니다. 마녀들 중 가장 강력한 존재로, 쿼들링 사람들을 다스리시지요. 게다가 사막이 끝나는 곳에 성이 있으니, 사막을 건너는 방법도 알지 모르겠습니다."

"글린다는 착한 마녀겠지요?"

도로시가 물었습니다.

"쿼들링 사람들은 착한 마녀라고 생각합니다. 모두에게 친절하지요. 아름다운 여인으로, 나이가 많은데도 젊음을 유지하는 비결을 안다고 합니다."

"성에는 어떻게 가죠?"

도로시가 물었습니다.

"남쪽으로 길이 쭉 뻗어 있어요. 하지만 여행자들에게는 위험천만하다고 하더군요. 숲에는 맹수들이 우글거리고, 이방인의 침입을 싫어하는 괴상한 종족이 살고 있다고요. 쿼들링 사람들이 에메랄드 시에 못 오는 이유도 그래서랍니다."

병사가 나가자 허수아비가 말했습니다.

"위험하긴 하지만, 도로시가 남쪽 나라로 가서 글린다에게 도와 달라고 부탁하는 수밖에 없어요. 여기 있어서는 캔자스로 돌아갈 방법이 전혀 없어요."

"그 짧은 시간에 생각을 했군요."

양철 나무꾼이 물었습니다.

"그럼요."

허수아비가 대꾸했습니다.

그러자 사자가 말했습니다.

"나도 도로시와 함께 가겠어요. 도시 생활도 지겹고, 숲과 들판이 너무 그리워요. 난 야생에서 살던 사자잖아요. 게다가 도로시도 누군가의 보호가 필요할 거고요."

양철 나무꾼이 고개를 끄덕였습니다.

"맞는 말이에요. 내 도끼도 도움이 될지 몰라요. 그러니까 나도 도로시와 함께 남쪽 나라로 가겠어요."

"그럼 언제 출발할까요?"

허수아비가 물었습니다.

"같이 가려고요?"

다들 깜짝 놀라 되물었습니다.

"물론이죠. 도로시가 아니었다면 난 절대로 뇌를 얻지 못했을 거예요. 옥수수밭 장대에서 날 빼내 주고 에메랄드 시로 함께 데리고 와준 게 도로시예요. 그러니 내 행운은 모두 도로시 덕분이라고요. 도로시가 캔자스로 영원히 돌아가기 전까지는 한 시도 곁을 떠나지 않을 거예요."

도로시가 고마워하며 말했습니다.

"고마워요. 다들 그렇게 마음을 써주니. 전 되도록 빨리 출발했으면 해요."

허수아비가 말을 받았습니다.

"그럼 내일 아침에 출발하는 걸로 하죠. 긴 여행이 될 테니 다들 각오를 단단히 하도록 해요."

19

나무들의 공격

다음 날 아침, 도로시는 예쁜 초록 소녀에게 작별 입맞춤을 했고, 모두들 성문까지 배웅해 준 초록색 구레나룻 병사와 악수를 나누었습니다. 다시 만난 문지기는 도로시와 친구들이 아름다운 도시를 떠나 다시 고생길로 나선다는 소리에 깜짝 놀랐습니다. 하지만 곧바로 안경을 벗겨 초록색 상자에 도로 집어넣고는 모두에게 행운을 빌어 주었습니다.

문지기가 허수아비에게 말했습니다.

"당신은 이제 우리를 다스리는 분이십니다. 그러니 하루빨리 돌아오셔야 합니다."

"가능한 그러겠지만, 도로시를 집으로 돌아가게 돕는 일이 먼저입니다."

도로시가 친절한 문지기에게 마지막 작별 인사를 건넸습니다.

"아름다운 도시에서 아주 잘 지냈어요. 모두들 제게 다정히 대해 주었고요. 어떻게 고마움을 전해야 할지 모르겠어요."

"그런 말 마세요, 아가씨. 마음 같아선 우리와 같이 계속 지냈으면 좋겠지만 캔자스로 돌아가는 게 소원이라니 방법을 꼭 찾기를 바랍니다."

말을 마친 문지기가 성문을 열자 도로시와 친구들은 밖으로 걸어 나가 여행을 떠났습니다.

남쪽 나라 쪽으로 고개를 돌리자 태양이 환하게 얼굴을 비추었습니다. 모두들 들뜬 마음으로 소리 내어 웃으며 재잘재잘 이야기를 나누었습니다. 도로시는 집에 돌아간다는 희망에 다시금 가슴이 벅차올랐고, 허수아비와 양철 나무꾼은 도로시를 돕는다는 생각에 기뻤습니다. 사자는 신이 나서 코를 킁킁거리며 신선한 공기를 들이마셨고, 자연 속으로 다시 나왔다는 기쁨에 꼬리를 연신 이리저리 흔들었습니다. 토토는 계속 흥겹게 짖으며 도로시와 친구들 주위를 뛰어다녔고 나방과

파리를 쫓았습니다.

다들 활기차게 걷고 있는데, 사자가 입을 열었습니다.

"도시 생활은 나한테 전혀 맞지 않아요. 거기 살면서부터 살이 많이 빠졌거든요. 하지만 이젠 다른 동물들에게 내가 얼마나 용감해졌는지 보여 주고 싶어 안달이 나 죽겠어요."

도로시와 친구들은 걸음을 멈추고 몸을 돌려 마지막으로 에

메랄드 시를 바라보았습니다. 초록색 벽 위로 무수히 솟은 뾰족탑들만 눈에 들어왔습니다. 그 가운데 가장 높이 솟아 있는 오즈 궁전의 뾰족탑과 둥근 지붕이 보였습니다.

"오즈가 아주 형편없는 마법사는 아니었어요."

양철 나무꾼이 가슴에서 심장이 달그락거리는 걸 느끼며 말했습니다.

"나한테는 뇌를 주었지요, 그것도 아주 좋은 뇌를."

허수아비가 말했습니다.

"오즈도 내가 먹은 약을 마시면 용감한 사람이 되었을 텐데요."

사자도 거들었습니다.

하지만 도로시는 아무 말도 하지 않았습니다. 도로시와의 약속을 지키진 못했지만 최선을 다했다는 걸 알기에 도로시는 오즈를 용서했습니다. 본인이 말한 것처럼 오즈는 형편없는 마법사였는지는 몰라도 좋은 사람임에는 분명했습니다.

첫날, 도로시와 친구들은 에메랄드 시 주변으로 펼쳐진 푸른 들판과 아름다운 꽃밭을 걸었습니다. 그리고 별들을 이불 삼아 풀밭에서 잠을 잤습니다. 정말 달콤한 휴식이었습니다.

아침이 밝자, 도로시와 친구들은 부지런히 걸음을 재촉해 울창한 숲에 도착했습니다. 숲이 양쪽으로 끝도 없이 펼쳐져 있어서 둘러 갈 방법은 없었습니다. 게다가 자칫 길이라도 잃을까 봐 방향을 바꿀 엄두도 나지 않았습니다. 그래서 하는 수 없이 숲으로 들어가기에 가장 쉬운 곳을 이리저리 찾았습니다.

앞장섰던 허수아비가 마침내 가지가 넓게 펼쳐진 큰 나무를 찾아냈습니다. 그 나뭇가지 아래로 일행이 지나갈 공간이 있었습니다. 하지만 허수아비가 첫 번째 나뭇가지 밑으로 지나가기가 무섭게 나뭇가지가 휘어지며 허수아비의 몸을 감았습니다. 다음 순간 허수아비가 공중으로 떠오르는가 싶더니 이내 친구들 사이로 곤두박질쳐졌습니다.

허수아비는 다치지는 않았지만 많이 놀랐고, 도로시가 일으켜 세우자 무척 어지러워했습니다.

"저기 나무들 사이에 또 틈이 있어요."

사자가 말했습니다.

"내가 먼저 가볼게요. 난 내던져져도 다치지 않으니까."

허수아비가 말하며 다른 나무로 걸어갔습니다. 하지만 가지들이 바로 허수아비를 붙잡아 다시 던져 버렸습니다.

"이상하기도 하지! 이제 어쩌면 좋죠?"

도로시가 소리쳤습니다.

"우리가 못 지나가게 나무들이 방해하기로 작정했나 봐요."

사자가 말했습니다.

"내가 나서야겠군요."

말을 마친 나무꾼이 도끼를 어깨에 지고 허수아비를 내팽개쳤던 첫 번째 나무를 향해 성큼성큼 걸어갔습니다. 큰 가지 하나가 나무꾼을 잡으려고 구부러지는 순간, 나무꾼이 힘차게 도끼를 휘둘러 가지를 두 동강 냈습니다. 그러자 고통스러운 듯 나무가 온 가지를 흔들어 댔습니다. 그사이 양철 나무꾼은 무사히 나무 밑을 지났습니다.

"어서 와요! 빨리요!"

양철 나무꾼이 친구들에게 소리쳤습니다.

그러자 모두들 앞으로 달려 나가 나무 밑을 안전하게 통과했습니다. 오로지 토토만 작은 나뭇가지에 붙들리고 말았습니다. 가지가 흔들어 대자 토토는 마구 울부짖었습니다. 하지만 나무꾼이 얼른 가지를 잘라 토토를 구해 주었습니다.

숲속에 있는 다른 나무들은 아무런 짓도 하지 않았습니다. 그래서 도로시와 친구들은 숲 맨 가장자리에 있는 나무들만 가지를 구부릴 줄 안다고 결론을 내렸습니다. 아마도 이방인들을 내쫓기 위해 그런 놀라운 힘을 가지게 된, 숲의 경찰들이 아닌가 싶었습니다.

도로시와 친구들은 무사히 숲을 지나 끄트머리에 도착했습니다. 그런데 놀랍게도 하얀 도자기로 만든 것 같은 높다란 벽이 앞을 가로막았습니다. 접시 표면같이 매끈매끈한 벽은 키보다 높았습니다.

"이제 어떡하죠?"

도로시가 물었습니다.

"일단 벽을 넘어야 하니 내가 사다리를 만들게요."

양철 나무꾼이 대답했습니다.

20

아슬아슬한 도자기 나라

나무꾼이 나무 사다리를 만드는 동안 긴 여행에 지친 도로시는 누워서 잠이 들었습니다. 사자도 몸을 만 채 잠이 들었고, 토토도 그 옆에 엎드렸습니다.

나무꾼이 일하는 모습을 지켜보던 허수아비가 말했습니다.

"이런 곳에 왜 벽이 있는지, 도대체 무엇으로 만들어진 건지 모르겠어요."

양철 나무꾼이 대꾸했습니다.

"신경 쓰지 말고 머리 좀 식혀요. 넘어가 보면 저편에 뭐가 있는지 알게 되겠죠."

얼마 후 사다리가 완성되었습니다. 좀 어설퍼 보이긴 했지만 튼튼하게 만들었으니 넘어가는 데는 무리가 없을 거라고 양철 나무꾼이 장담했습니다. 허수아비가 도로시와 사자 그리고 토토를 깨워 사다리가 준비됐다고 말했습니다. 허수아비가 제일 앞장섰습니다. 하지만 오르는 모습이 어찌나 위태위태한지 도로시가 바싹 뒤따라가며 떨어지지 않게 받쳐 주어야 했습니다. 벽 너머로 간신히 머리를 내밀던 허수아비가 말했습니다.

"이런, 세상에!"

"계속 가요."

도로시가 소리쳤습니다.

허수아비가 더 올라가 벽 위에 걸터앉자 도로시가 고개를 내밀었습니다.

"이런, 세상에!"

도로시도 허수아비와 똑같이 탄성을 질렀습니다.

뒤이어 올라온 토토도 짖어 대기 시작했지만 도로시가 진정시켰습니다.

그다음엔 사자가, 마지막으로 양철 나무꾼이 벽을 올랐고, 벽 너머를 보는 순간 둘 다 "이런, 세상에!"를 연발했습니다. 도로시와 친구들은 벽 꼭대기에 나란히 앉아 발밑에 펼쳐진 이상한 광경을 내려다보았습니다.

큰 접시의 바닥처럼 매끄럽고 반짝거리는 하얀 바닥이 넓게 펼쳐져 있었습니다. 여기저기 흩어진 집들은 하나같이 도자기로 만들어진 데다 밝고 화사한 색으로 칠해져 있었습니다. 집이 어찌나 작은지 제일 큰 집이라고 해봐야 도로시 허리 정도였습니다. 도자기 울타리가 쳐진 조그만 헛간도 있었는데, 안에는 도자기로 만든 소, 양, 말, 돼지, 닭들이 떼 지어 서있었습니다.

하지만 그중에서도 가장 이상한 것은 이 희한한 나라에 살고 있는 사람들이었습니다. 젖을 짜는 여자들과 양 치는 여자들은 상의가 꼭 맞고 옷 전체에 금색 점이 있는 긴 원피스를 입었고, 공주들은 눈부시게 화려한 은색, 금색, 자주색 드레스를 입었으며, 양 치는 남자들은 분홍, 노랑, 파랑 줄무늬가 있는 반바지 차림에 금색 버클이 달린 신발을 신었습니다. 왕자들은 보석이 박힌 왕관을 머리에 쓰고 하얀 모피 코트에 허리가 잘록한 비단 윗도리를 입었으며, 우스꽝스러운 어릿광대들은 주름 장식이 있는 옷차림에 빨갛게 볼연지를 찍고 높고 뾰족한 모자를 썼습니다. 하지만 가장 신기한 것은 이 사람들이 모두 도자기로 만들어졌다는 사실이었습니다. 옷마저 도자기였습니다. 작기는 또 얼마나 작은지 제일 큰 사람이 도로시 무릎 정도밖에 오지 않을 정도였습니다.

처음에는 도로시와 친구들을 쳐다보는 사람조차 없었습니다. 머리가 유난히 큰 자주색 도자기 강아지만이 벽 쪽으로 와서 조그맣게 왕왕거리다가 도망쳐 버린 게 다였습니다.

"어떻게 내려가죠?"

도로시가 말했습니다.

사다리는 너무 무거워서 들어 올릴 수가 없었습니다. 그래서 허수아비가 먼저 밑으로 뛰어내렸습니다. 그리고 나머지 친구들은 허수아비 몸 위로 뛰어내려 딱딱한 바닥에 발이 다치지 않도록 했습니다. 물론 발에 핀이 박히지 않도록 허수아비 머리 위로는 떨어지지 않게 조심했습니다. 다들 안전하게 내려서자, 친구들이 납작해진 허수아비를 일으켜 세우고는 짚을 톡톡 매만져 모양을 잡아 주었습니다.

도로시가 말했습니다.

"반대편으로 가려면 이 이상한 나라를 지나가야만 해요. 남쪽이 아닌 다른 쪽으로 돌아가는 건 어리석은 짓이에요."

그래서 도로시와 친구들은 도자기로 만들어진 나라를 걸어가기 시작했습니다. 제일 먼저 만난 사람은 도자기 소의 젖을 짜고 있는 아가씨였습니다. 그런데 옆을 지나가는 순간, 소가 갑자기 발길질을 해 의자와 들통을 뒤엎고 젖 짜던 아가씨까지 발로 걷어차는 바람에 모두 다 도자기 바닥 위로 요란한 소리를 내며 나자빠졌습니다.

소는 다리가 부러지고, 들통은 산산조각 났으며, 가여운 아가씨는 왼쪽 팔꿈치가 깨졌습니다. 그 광경을 본 도로시는 큰 충격을 받았습니다.

아가씨가 화를 내며 소리쳤습니다.

"세상에! 당신들이 한 짓을 보세요! 소의 다리가 부러졌으니 수선 집에 가서 아교로 붙여야 한다고요. 여기 와서 내 소를 겁 주는 이유가 도대체 뭐예요?"

"정말 미안합니다. 부디 용서해 주세요."

도로시가 용서를 빌었습니다.

하지만 아가씨는 너무 화가 나서 아무런 대꾸도 하지 않았습니다. 뾰루퉁한 얼굴로 부러진 다리를 집어 들더니 소를 몰고 가버렸습니다. 불쌍한 소는 세 다리로 절뚝거리며 끌려갔습니다. 아가씨는 깨진 팔꿈치를 옆구리에 바싹 붙인 채, 조심성 없는 이방인들이 원망스럽다는 듯 어깨 너머를 자꾸 흘깃거리며 갔습니다.

도로시는 몹시 마음 아팠습니다.

"여기선 아주 조심해야겠어요. 안 그러면 이 작은 사람들이 고칠 수도 없을 만큼 심하게 다칠지도 몰라요."

얼마 못 가 도로시는 누구보다 아름답게 차려입은 젊은 공주를 만났습니다. 공주는 이방인들을 보자 멈칫하더니 이내 달아나기 시작했습니다.

도로시는 공주를 더 보고 싶은 마음에 뒤쫓아 달렸습니다. 그러자 공주가 소리쳤습니다.

"쫓아오지 마세요! 쫓아오지 마세요!"

겁에 질린 작은 목소리에 도로시가 발을 멈추고 물었습니다.

"왜요?"

공주도 적당히 거리를 두고 멈춰 섰습니다.

"달리다 넘어지면 부서지니까요."

"고치면 안 되나요?"

"아, 그래도 되죠. 하지만 처음만큼 예쁘진 않잖아요."

"그렇겠네요."

"어릿광대들 중에 조커란 사람이 있는데, 늘 물구나무를 서려고 해요. 하도 자주 부서진 탓에 백 군데나 수선을 해서 꼴이 말이 아니게 됐죠. 마침 조커 씨가 저기 오네요. 가서 직접 확인해 보세요."

정말로 작은 어릿광대 하나가 싱글거리며 이쪽으로 걸어오고 있었습니다. 빨강, 노랑, 초록이 섞인 예쁜 옷을 입고 있었지만 온몸에 금이 가있었습니다. 어느 쪽을 보아도 여러 곳을 수선했다는 게 훤히 드러났습니다.

어릿광대가 양손을 주머니에 넣고 볼을 부풀리더니 거만하게 머리를 까딱하며 노래하듯 말했습니다.

"아름다운 아가씨,
늙고 불쌍한 조커를 왜 그리 빤히 보시나요?

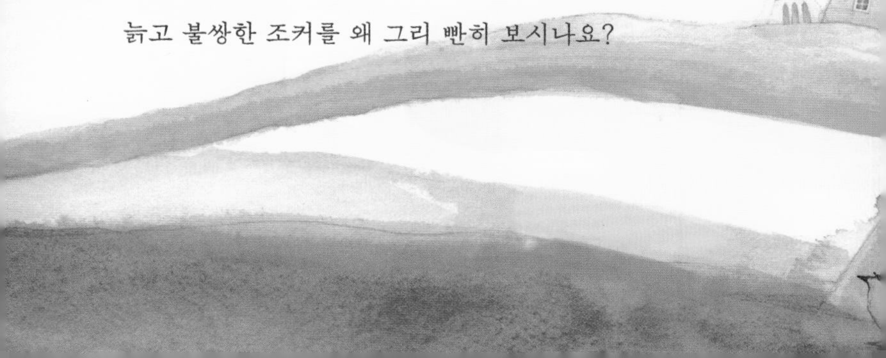

잔뜩 힘주고
새침 떠는 모습이
부지깽이라도 삼킨 것 같군요!"

그러자 공주가 말했습니다.

"조용히 좀 해요! 이분들은 이곳 사람이 아니잖아요. 좀 예의 있게 대할 수 없어요?"

"글쎄요, 이 정도면 예의를 갖춘 것 같은데요."

광대는 말을 마치기가 무섭게 물구나무를 섰습니다.

그러자 공주가 도로시에게 말했습니다.

"신경 쓰지 마세요. 머리에 금이 너무 많이 가서 제대로 생각을 못하니까요."

"아뇨, 난 아무렇지 않아요. 하지만 아가씨는 너무 아름다워서 내 마음에 쏙 드네요. 캔자스에 함께 가서 엠 아줌마 선반 위에서 살지 않을래요? 바구니에 넣어 데려갈게요."

"그러면 난 불행해질 거예요. 보다시피 우린 이 나라에서 행복하게 살고 있어요. 마음대로 말하고 돌아다닐 수 있죠. 하지만 여기를 벗어나기만 하면 당장 몸이 뻣뻣하게 굳으면서 더 이상 움직이지 못하고 똑바로 서있는 그저 예쁘기만 한 인형이 되고 말아요. 물론 그러라고 우릴 선반이며 장식장, 서랍장 위에 놓아두는 거겠지만요. 하지만 우린 이 나라에서 살 때 더 행복하답니다.”

“난 무슨 일이 있어도 아가씨를 불행하게 만들고 싶지 않아요! 그러니 이제 그만 헤어져야겠네요.”

“잘 가요.”

공주가 말했습니다.

도로시와 친구들은 조심조심 도자기로 만들어진 나라를 지나갔습니다. 작은 동물들과 사람들은 이방인들이 자기들을 부서뜨리기라도 할까 봐 황급히 길을 비켰습니다. 한 시간쯤 걸어 반대편 끝에 다다른 일행은 또 다른 도자기 벽과 마주쳤습니다.

하지만 먼젓번 벽보다는 높지 않아서, 모두들 사자 등을 딛고 벽 꼭대기까지 기어오를 수 있었습니다. 마지막으로 사자가 다리를 모으고 벽 위로 훌쩍 몸을 날렸습니다. 하지만 뛰어오르는 순간 사자의 꼬리가 도자기 교회를 치는 바람에 교회가 뒤집혀 박살이 나버렸습니다.

도로시가 말했습니다.

“안타깝네요. 하지만 소 다리와 교회 말고는 큰 피해를 주지 않았으니 다행으로 생각해야죠. 다들 어찌나 아슬아슬한지!”

“맞아요. 내가 짚으로 만들어져서 쉽게 다치지 않는다는 사실이 얼마나 고마운지 모르겠어요. 세상에는 허수아비로 사는 것보다 더 나쁜 일도 있네요.”

21

동물의 왕이 된 사자

도자기 벽에서 내려오니 온 사방이 늪과 습지였습니다. 고약한 냄새를 풍기는 기다란 풀이 빽빽이 자라 있는 기분 나쁜 곳이었습니다. 무성한 풀에 가려 앞이 잘 보이지 않는 탓에 걸음을 내딛을 때마다 진창에 빠지기 일쑤였습니다. 하지만 조심조심 길을 골라 걷다 보니 마침내 단단한 땅에 도착했습니다. 그런데 그곳은 지금껏 지나온 어느 곳보다 황량한 듯했습니다. 덤불을 헤치며 한참을 지루하게 걸은 끝에 도로시와 친구들은 또 다른 숲에 들어섰습니다. 다들 그렇게 크고 오래된 나무들은 처음 보았습니다.

"정말 완벽하게 멋진 숲이네요. 이렇게 아름다운 곳은 본 적이 없어요."

사자가 기쁨에 들뜬 얼굴로 주위를 둘러보며 말했습니다.

"왠지 으스스한데요."

허수아비가 말했습니다.

"전혀 그렇지 않아요. 난 평생 여기서 살고 싶은걸요. 발밑에 깔린 마른 잎이 얼마나 부드러운지, 오래된 나무에 붙어 있는 이끼들이 얼마나 풍성하고 싱그러운지 한번 봐요. 어떤 동물도 여기보다 더 좋은 곳을 바랄 순 없을 거예요."

"숲속에 맹수들이 있을지도 몰라요."

도로시가 말했습니다.

"그럴지도 모르죠. 하지만 아직은 안 보이는데요."

사자가 대꾸했습니다.

도로시와 친구들은 계속 숲으로 들어갔습니다. 이윽고 날이 저물어 도저히 앞으로 나아갈 수 없게 되었습니다. 보통 때처럼 도로시와 토토 그리고 사자는 자리에 누워 잠을 청했고, 나무꾼과 허수아비는 곁을 지켰습니다.

아침이 되자 도로시와 친구들은 다시 길을 나섰습니다. 얼마 가지 않아 나지막이 으르렁거리는 소리가 났습니다. 수많은 짐승이 울부짖는 소리 같았습니다. 토토가 낑낑거리긴 했지만 아무도 겁을 먹지 않았습니다. 잘 다져진 길을 계속 걸어가니 넓은 공터가 나왔는데, 그곳에 온갖 종류의 동물들이 수백 마리 모여 있었습니다. 호랑이, 코끼리, 곰, 늑대, 여우를 비롯해 동물이란 동물은 다 모여 있는 광경을 보자 도로시는 덜컥 겁이 났습니다. 하지만 동물들이 회의를 하는 중이라고 사자가 설명해 주었습니다. 그리고 으르렁대고 울부짖는 걸로 보아 무슨 큰 문제가 생긴 것 같다고 말했습니다.

그 소리에 몇몇 동물들이 사자를 발견했고, 곧 마법에라도 걸린 듯 모든 동물이 입을 다물었습니다. 호랑이들 중 가장 덩치가 큰 놈이 사자에게 다가와 꾸벅 절을 하며 말했습니다.

"어서 오십시오, 동물의 왕이시여! 때맞춰 잘 오셨습니다. 저희는 다시 한 번 숲속 동물들의 평화를 위해 싸우려고 합니다."

"무슨 일이냐?"

사자가 조용하게 물었습니다.

"최근 숲에 들어온 사나운 적에게 모두가 위협을 받고 있습니다. 그 무시무시한 괴물은 몸이 코끼리만 하고, 다리가 나무줄기처럼 긴 것이 거대한 거미같이 생겼습니다. 여덟 개나 되는 긴 다리로 숲을 슬슬 기어 다니다가 다리로 동물을 붙잡아 거미가 파리를 먹듯 먹어 치우지요. 이 괴물이 활개를 치고 다니는 한 저희는 모두 불안에 떨며 살 수밖에 없어요. 그래서 다 같이 모여 스스로를 지킬 방법을 의논하던 중이었는데, 이렇게 사자님이 찾아오신 거랍니다."

사자는 잠시 생각에 잠겼다가 물었습니다.

"이 숲에 다른 사자가 있느냐?"

"없습니다. 원래는 있었는데 그 괴물한테 모두 당했지요. 게다가 그 사자들은 사자님만큼 크고 용감하지 못했습니다."

"그놈을 처치해 주면 날 이 숲의 왕으로 인정하고 고개를 숙이고 명령에 복종하겠느냐?"

"기꺼이 복종하겠습니다."

호랑이가 대답했습니다.

"복종하겠습니다!"

다른 동물들도 숲이 떠나가라 소리쳤습니다.

"그 거대한 괴물은 지금 어디 있느냐?"

"저기 떡갈나무들 사이에 있습니다."

호랑이가 앞발을 들어 방향을 가리켰습니다.

"내 친구들을 잘 보살펴다오. 당장 결판을 짓고 오겠노라."

사자는 친구들에게 인사를 하고 적과 싸우기 위해 당당하게 걸어갔습니다.

사자가 괴물을 발견했을 때, 거대한 괴물은 자고 있었습니다. 어찌나 흉측하게 생겼던지 사자는 더 못 보겠다는 듯 고개를 치켜들었습니다. 호랑이가 이야기한 대로 다리가 길었고, 몸통이 뻣뻣하고 시꺼먼 털로 뒤덮여 있었습니다. 커다란 입안으로 30센티미터쯤 되는 날카로운 이빨이 박혀 있는 게 보였습니다. 하지만 뚱뚱한 몸통과 머리를 잇는 목은 개미허리처럼 가늘었습니다. 그 목을 본 순간 사자는 어떻게 공격해야 할지를 단박에 알아차렸습니다. 그리고 공격이란, 적이 깨어 있을 때보다 잠들었을 때 하는 편이 낫다는 걸 알고 있었기에 곧바로 몸을 날려 괴물의 등 위로 올라탔습니다. 그런 다음 날카로운 발톱으로 무장된 앞발을 휘둘러 거미의 목을 뎅강 잘라 버렸습니다. 거미의 몸에서 뛰어내린 사자는 파닥거리는 긴 다리가 잠잠해질 때까지 지켜보았고, 마침내 거미가 완전히 죽었음을 확인했습니다.

다시 숲속 동물들이 기다리는 공터로 돌아온 사자가 의기양양하게 말했습니다.

"이제 더 이상 두려워하지 않아도 된다."

그러자 동물들이 사자를 왕으로 받들며 절을 했습니다. 사자는 도로시가 캔자스로 무사히 떠나는 대로 이곳으로 돌아와 동물들을 다스리겠다고 약속했습니다.

22

쿼들링 나라

도로시와 친구들이 어두컴컴한 숲을 마저 벗어나니 커다란 바위로 둘러싸인 가파른 언덕이 눈앞에 나타났습니다.

허수아비가 입을 열었습니다.

"올라가기 힘들겠는데요. 하지만 어떻게든 이 언덕을 넘어야만 해요."

허수아비가 앞장을 서고 나머지 친구들이 뒤를 따랐습니다. 첫 번째 바위에 다다랐을 때 험악하게 외치는 소리가 들렸습니다.

"돌아가!"

"누구세요?"

허수아비가 물었습니다. 그러자 바위 너머로 웬 머리 하나가

쑥 올라오더니 아까와 같은 목소리로 말했습니다.

"이 언덕은 우리의 것이다. 다른 사람은 아무도 지나가지 못한다."

"하지만 우리는 꼭 지나가야 해요. 쿼들링 나라로 가는 길이거든요."

"그래도 절대 안 돼!"

바위 뒤에서 괴상한 남자가 모습을 드러냈습니다. 다들 그렇게 이상하게 생긴 사람은 처음 보았습니다.

작달막한 키에 몸집은 뚱뚱했고, 납작하고 커다란 머리를 받치고 있는 두꺼운 목은 온통 주름투성이였습니다. 그런데 팔이 하나도 없었습니다. 이것을 안 허수아비는 팔도 없는 남자가 길을 막지는 못할 거라는 생각에 용기를 되찾고 말했습니다.

"바라는 대로 못 해줘서 미안하지만, 당신이 좋아하든 말든 우리는 이 언덕을 넘어가야 해요."

말을 마친 허수아비가 용감하게 앞으로 걸음을 옮겼습니다.

그러자 남자의 머리가 목에서 번개같이 튀어나옴과 동시에 목이 쭉 늘어나더니 납작한 정수리가 허수아비의 가슴을 정통으로 때렸습니다. 그 바람에 허수아비는 언덕 밑으로 데굴데굴 굴러 떨어지고 말았습니다. 남자는 순식간에 머리를 제자리로 돌려놓고는 잔인하게 웃으며 말했습니다.

"그렇게 호락호락할 줄 알았나!"

순간 다른 바위 쪽에서도 웃음소리가 왁자하게 퍼졌습니다. 도로시가 둘러보니 언덕배기에 있는 바위마다 수백 명의 팔 없는 망치 머리들이 하나씩 자리를 잡고 있었습니다.

사자는 허수아비가 당한 걸 보고 웃어 대는 모습에 화가 치밀어 올랐습니다. 그래서 천둥 같은 소리로 울부짖으며 언덕 위로 내달았습니다.

하지만 이번에도 머리가 총알처럼 튀어나오는가 싶더니, 거대한 사자가 포탄이라도 맞은 듯 언덕 아래로 굴러떨어졌습니다.

도로시가 달려가 허수아비를 일으켜 세웠습니다. 사자가 멍들고 쑤시는 몸을 이끌고 도로시에게 다가와 말했습니다.

"저렇게 머리를 쏘아 대는 사람들이랑 싸워 봤자 허사예요. 누가 저 사람들을 이겨 내겠어요."

"그럼 어떡하죠?"

도로시가 물었습니다.

"날개 달린 원숭이들을 불러요. 아직 한 번 더 기회가 남았잖아요."

양철 나무꾼이 대꾸했습니다.

"좋은 생각이에요."

도로시가 황금 모자를 쓰고 마법의 주문을 외웠습니다. 그러자 언제나처럼 순식간에 원숭이들이 나타나더니 도로시 앞에 모여 섰습니다.

"무슨 분부십니까?"

우두머리 원숭이가 절을 하며 물었습니다.

"우리를 언덕 너머 쿼들링 나라로 데려다주세요."

"분부대로 하겠습니다."

우두머리 원숭이의 말이 떨어지기가 무섭게 원숭이들이 네 여행자와 토토를 안고 하늘로 높이 날아올랐습니다. 도로시와 친구들이 언덕을 넘어가자 화가 난 망치 머리들이 소리를 지르며 공중으로 머리를 쏘아 올렸습니다. 하지만 날개 달린 원숭이들에게는 미치지 못했습니다. 원숭이들은 무사히 언덕을 넘어 아름다운 쿼들링 나라에 도로시와 친구들을 내려 주었습니다.

우두머리 원숭이가 도로시에게 말했습니다.

"이번이 저희를 부를 수 있는 마지막 기회였습니다. 안녕히 가십시오. 행운을 빌겠습니다."

"잘 가요. 정말 고마웠어요."

도로시가 작별 인사를 하자 원숭이들이 공중으로 날아오르더니 눈 깜짝할 사이에 사라져 버렸습니다.

쿼들링 나라는 풍요롭고 행복해 보였습니다. 끝없이 펼쳐진 들판에는 곡식이 무르익고, 그 사이로 난 길은 잘 닦여 있었으며, 졸졸 흐르는 예쁜 시내 위로 튼튼한 다리가 놓여 있었습니다. 윙키 나라가 온통 노란색이고 먼치킨 나라가 온통 파란색이었던 것처럼 이곳은 울타리와 집, 다리가 모두 밝은 빨간색이었습니다. 사람들은 작고 통통한 몸집에 선량한 인상이었는데, 빨간 옷차림이 초록색 풀밭과 노란 곡식들 속에서 도드라져 보였습니다.

원숭이들이 도로시와 친구들을 내려 준 곳은 한 농가 근처였습니다. 집으로 다가가 문을 두드리니 농부의 아내가 문을 열었습니다. 도로시가 먹을 것을 부탁하자 농부의 아내가 훌륭한 저녁 식사를 차려 주었습니다. 케이크가 세 종류에 쿠키가 네 종류, 토토가 먹을 우유도 한 그릇 있었습니다.

"여기서 글린다의 성까지 먼가요?"

도로시가 물었습니다.

"그렇게 멀지 않아요. 남쪽으로 길을 따라가다 보면 곧 도착할 거예요."

도로시와 친구들은 인심 좋은 농부의 아내에게 고맙다는 인사를 하고는 다시 길을 떠났습니다. 들판을 지나고 예쁜 다리를 건너자 아주 아름다운 성이 눈앞에 나타났습니다. 금색 술이 달린 멋진 빨간 제복 차림의 아가씨 병사 세 명이 성문을 지키고 있었습니다. 도로시가 다가가자 그중 한 명이 물었습니다.

"남쪽 나라엔 무슨 일로 왔나요?"

“이곳을 다스리는 착한 마녀를 만나러 왔습니다. 데려다주시겠어요?”

“이름을 말해 주면 제가 가서 여쭤 보겠습니다.”

도로시와 친구들이 이름을 말하자 병사가 성안으로 들어갔습니다. 얼마 후 돌아온 병사는 도로시와 친구들에게 들어가도 좋다는 말을 전했습니다.

23

착한 마녀가 도로시의 소원을 들어주다

하지만 글린다를 보러 가기 전, 도로시와 친구들은 성안에 있는 어느 방에 먼저 들렀습니다. 거기서 도로시는 손을 씻고 머리를 빗었고, 사자는 갈기에 묻은 먼지를 털었으며, 허수아비는 매무새를 한껏 보기 좋게 가다듬었고 양철 나무꾼은 몸통을 반짝반짝 윤나게 닦고 관절마다 기름을 발랐습니다. 다들 그렇게 말끔하게 단장을 마친 후 병사를 따라 커다란 방으로 들어갔습니다. 마녀 글린다가 루비가 박힌 왕좌에 앉아 있었습니다.

한눈에 보아도 젊고 아름다운 모습이었습니다. 탐스러운 빨간 곱슬머리가 어깨 위로 넘실거렸습니다. 드레스는 눈부시게 하얀색이었고 눈동자는 푸른색이었습니다. 마녀가 다정한 눈빛으로 도로시를 바라보았습니다.

"무슨 일로 날 찾아왔니, 얘야?"

마녀가 물었습니다.

도로시는 마녀에게 그간의 일들을 모두 털어놓았습니다. 회오리바람에 실려 오즈의 나라에 오게 된 일이며 친구들을 만난 이야기, 지금까지 겪었던 놀라운 모험들을 다 들려주었습니다.

그리고 이렇게 덧붙였습니다.

"지금 제 가장 큰 소원은 캔자스로 돌아가는 거예요. 엠 아줌마는 제가 분명 끔찍한 사고를 당한 줄 알고 장례 준비를 하실 텐데, 올해 수확이 작년보다 못하기라도 하면 헨리 아저씨가 그 비용을 어떻게 감당하겠어요?"

글린다가 앞으로 몸을 숙이더니 자신을 올려다보는 도로시의 사랑스럽고 귀여운 얼굴에 입을 맞췄습니다.

"네 고운 마음에 축복이 있기를. 내가 캔자스로 돌아가는 길을 꼭 가르쳐 주마."

그러고는 덧붙였습니다.

"그 대신 황금 모자는 내가 가져야겠다."

"기꺼이 드릴게요! 이제 저한테는 소용도 없는걸요. 황금 모자의 주인이 되시면 날개 달린 원숭이들이 세 가지 소원을 들어줄 거예요."

"그래, 나도 딱 세 번만 도움을 받으면 될 것 같구나."

글린다가 빙그레 웃으며 말했습니다.

도로시가 황금 모자를 건네자 마녀가 허수아비에게 말했습니다.

"도로시가 떠나면 넌 어떻게 할 거지?"

"전 에메랄드 시로 돌아갈 겁니다. 오즈가 제게 그 도시를 다스리라고 했고 사람들도 절 잘 따르거든요. 다만 망치 머리들이 있는 언덕을 넘어갈 일이 걱정입니다."

"황금 모자로 날개 달린 원숭이들을 불러 널 에메랄드 시 성문까지 데려다주라고 명령하마. 사람들이 이렇게 훌륭한 왕을 잃어서야 쓰나."

"제가 정말로 훌륭한가요?"

"그럼, 아주 특별하지."

마녀가 이번엔 양철 나무꾼을 향해 고개를 돌리며 물었습니다.

"너는 도로시가 이 나라를 떠나면 무얼 할 거지?"

나무꾼은 도끼에 몸을 기대고 잠시 생각에 잠겼다가 이렇게 대답했습니다.

"윙키들이 저한테 무척 잘해 줬어요. 나쁜 마녀가 죽고 난 후에 제가 나라를 다스려 주길 바랐죠. 저도 윙키들을 좋아하고요. 서쪽 나라로 돌아갈 수만 있다면 그 사람들을 영원히 다스리며 살고 싶습니다."

"그렇다면 날개 달린 원숭이들을 불러 두 번째 명령으로, 널 윙키들이 사는 나라로 안전하게 데려다주라고 해야겠구나. 네 머리는 허수아비 것보다 작을지는 몰라도 잘 닦기만 하면 훨씬 똑똑해질 수 있으니, 윙키들을 지혜롭게 잘 다스리리라 믿는다."

다음으로 마녀는 덩치 큰 털북숭이 사자를 보며 물었습니다.

"도로시가 자기 집으로 돌아가면 넌 어쩌겠느냐?"

"망치 머리 언덕을 넘어가면 울창하고 오래된 숲이 나오는데, 거기 사는 동물들이 절 왕으로 받아 줬어요. 그 숲으로 돌아갈 수만 있다면 평생 그곳에서 아주 행복하게 지낼 생각입니다."

"세 번째 명령으로, 날개 달린 원숭이들을 불러 널 그 숲으로 데려다주라고 명령하마. 그리되면 황금 모자의 마법은 다 쓰는 셈이니, 난 우두머리 원숭이에게 모자를 돌려주어 원숭이들에게 영원한 자유를 찾아 주겠노라."

허수아비와 양철 나무꾼과 사자가 착한 마녀의 배려에 진심으로 고맙다는 인사를 했습니다. 도로시도 큰 소리로 말했습니다.

"아름다운 모습만큼이나 마음도 따뜻한 분이시군요! 하지만 제가 어떻게 캔자스로 돌아갈 수 있는지는 아직 말씀 안 하셨는걸요."

"네가 신고 있는 은 구두가 사막을 건너게 해줄 것이다. 신발의 마법을 알았다면 이 나라에 왔던 바로 그날 엠 아줌마 곁으로 돌아갈 수 있었을 텐데."

그러자 허수아비가 외쳤습니다.

"하지만 그랬다면 전 멋진 뇌를 얻지 못했을 거예요! 농부의 옥수수밭에서 평생 살았을 거라고요."

양철 나무꾼도 말했습니다.

"전 따뜻한 심장을 얻지 못했을 거예요. 세상이 끝날 때까지 숲속에서 녹슨 채로 서있었을지도 몰라요."

사자도 거들었습니다.

"그리고 전 영원히 겁쟁이로 살아야 했을 거예요. 숲에 사는 동물 누구한테서도 좋은 소리 한 번 못 듣고 말이지요."

그러자 도로시가 말했습니다.

"다 맞는 말이에요. 이 착한 친구들에게 도움이 되었다니 저도 기뻐요. 하지만 이제 다들 가장 원하던 것을 얻고, 저마다 다스릴 나라까지 생겨 행복해하니, 전 이만 캔자스로 돌아가고 싶어요."

착한 마녀가 말했습니다.

"은 구두에는 놀라운 힘이 숨겨져 있단다. 그중 가장 신기한 힘은 세 걸음만에 이 세상 어디든 데려다준다는 거지. 한 걸음을 내딛는 데는 눈 깜짝할 시간밖에 안 걸려. 넌 그냥 구두 뒤꿈치를 세 번 맞부딪친 다음 가고 싶은 곳으로 데려다 달라고 명령만 하면 된단다."

도로시가 기뻐하며 말했습니다.

"그럼 당장 캔자스로 돌려보내 달라고 빌겠어요."

도로시가 사자의 목을 끌어안고 커다란 머리를 다정하게 어루만지며 입을 맞추었습니다. 그리고 관절이 녹이 슬 정도로 엉엉 울고 있는 양철 나무꾼에게도 다가가 입을 맞췄습니다. 하지만 허수아비에게는 그려진 얼굴에 입 맞추는 대신 폭신한 지푸라기 몸을 두 팔로 꼭 안아 주었습니다. 사랑하는 친구들과 헤어지는 슬픔에 도로시도 하염없이 눈물을 흘렸습니다.

마녀 글린다가 왕좌에서 내려와 도로시에게 작별 입맞춤을 하자 도로시는 자신과 친구들에게 친절히 대해 줘서 고맙다며 인사를 했습니다.

마침내 도로시가 진지한 얼굴로 토토를 안고는 모두에게 마지막 인사를 한 후, 구두 뒤꿈치를 세 번 "탁탁탁" 부딪치면서 소리쳤습니다.

"엠 아줌마가 계신 집으로 데려다줘요!"

* * * * *

순간 도로시가 빙글빙글 돌며 공중으로 날아올랐습니다. 속도가 어찌나 빠른지 귓가에 윙윙거리는 바람 소리만 들릴 뿐 아무것도 보이지도 느껴지지도 않았습니다.

은 구두가 딱 세 걸음을 걷더니 갑자기 멈추어 섰습니다. 그 바람에 도로시는 풀밭을 몇 차례 굴렀고, 어디가 어딘지 알 수가 없었습니다.

마침내 몸을 일으킨 도로시가 주위를 둘러보았습니다. 그러다 소리를 질렀습니다.

"어머나!"

도로시가 앉아 있는 곳은 캔자스의 대초원 위였고, 바로 눈앞에는 회오리바람에 쓸려가 버린 집 대신 헨리 아저씨가 새로 지은 집이 있었습니다. 헨리 아저씨는 헛간 마당에서 소젖을 짜는 중이었습니다. 토토가 도로시 품에서 빠져나와 반갑게 짖으며 헛간으로 내달렸습니다.

도로시가 자리에서 일어나 보니 양말만 신고 있었습니다. 은구두는 하늘을 나는 동안 사막에 떨어졌고, 그렇게 영원히 잃어버리고 말았습니다.